Eine Boys Love Geschichte geschrieben von:

Corinna Wagner

Inhalt:

Nicklas & Jonny in Gegensätze ziehen sich an.

Nicklas ein Klassenrowdy nach außen, aber ein liebevoller Beschützer nach innen.
Er trifft auf den schüchternen Jonny der Neu an der Universität ist und auch in der gleichen Klasse geht wie Nicklas.

Kapitel Eins: Vorgeschichte und Aufeinandertreffen von Nicklas und Jonny

Vorgeschichte von Nicklas:

Nicklas ist 28 Jahre alt und wurde schon von vielen Schulen geschmissen wegen seines Verhaltens.
Schlägerei, Ungehorsam und ständiges auffallen im Unterricht.
Die Universität von Graystown ist jetzt seine letzte Chance.

Vorgeschichte von Jonny:

Jonny ist 26 Jahre alt, ruhig, schüchtern und zurückhaltend nach außen, aber hat man sein Interesse geweckt und lernt Ihn näher kennen, dann kann Jonny sehr offen und aktiv werden.

Aussehen der Charaktere:

Nicklas:

Schwarze kurze Haare, grüne Augen und schlanker muskelbepackter Körper.

Jonny:

Blonde kurze Haare, blaue Augen und schlanker muskelbepackter Körper.

Nebencharaktere:

Lehrer, Direktor, Deniel, Studenten, Jonnys Mutter und
Jonnys Schwester Stella 27 Jahre alt.

Hauptstory

Ein neuer Tag in Graystown.

Es ist 7 Uhr und Nicklas macht sich mit seinem Motorrad auf dem Weg zur Universität der Stadt.

Seid 1 Jahr fährt Nicklas nun dort hin und hat in dieser Zeit es auch schon geschafft sich durch sein rebellisches Wesen einen Ruf auf zu bauen.

Die anderen Studenten haben Respekt vor Ihm und gehen Nicklas so gut wie es geht aus dem Weg.

Es hat sich herum gesprochen, das der letzte der es gewagt hat sich neben Nicklas zu setzten im Krankenhaus gelandet ist.

Seitdem traut sich keiner mehr sich neben Nicklas zu setzen beispielsweise sich Ihm zu nähern.

Mit Ausnahme von Deniel der immer wieder Nicklas zu Provozieren versucht, damit Er von der Uni fliegt.

Meistens lässt Nicklas sich nicht darauf ein, bis zu dem heutigen Tag an dem es Deniel zu weit treibt.

Zur Mittagspause in der Universität hat Nicklas immer seinen Stammplatz und ist immer alleine, was Ihn auch nicht stört.

Doch nichts ahnend ist schon Deniel auf dem Weg für einen Streit.

Natürlich lässt es sich dieses mal nicht vermeiden, das es zu einer Schlägerei kommt.

Nach einem kurzen Wortgefecht und einem Gerangel kommt endlich der Lehrer dazwischen und beendet die Streitigkeiten.

Da natürlich Nicklas einige Vorgeschichten hat, muss Er direkt zum Direktor um sich zu rechtfertigen.

Während Deniel nur Nachsitzen und sich Entschuldigen muss.

Zur selben Zeit wie Nicklas beim Direktor sitzt und alles erklärt, betrit ein neuer Student namens Jonny den Klassenraum und der Lehrer bittet Ihn sich vor zu stellen und sich danach einen Platz im Klassenzimmer aus zu suchen.

Es sind insgesamt drei Plätze frei, zwei davon neben Mädchen und der dritte neben Nicklas der noch beim Direktor sitzt.

Da Jonny eh etwas schüchtern ist wählt Er den Platz, wo er denkt, das die Bank nicht besetzt ist und das ist genau der Platz neben Nicklas.

Die Studenten drehen sich unruhig um und warnen Jonny davor den Platz nicht zu nehmen, aber Jonny lässt sich nicht beirren und bleibt sitzen.

Obwohl die Studenten zu Jonny gesagt hatten, das der letzte der das gewagt hat sich da hin zu setzen im Krankenhaus gelandet ist.

Denn Jonny ist der Typ Mensch, der nichts auf Gerüchte gibt, sondern sich gern selber ein Urteil bildet und auch ein bisschen Neugierig ist warum der letzte im Krankenhaus gelandet ist.

Zur gleichen Zeit während der Unterricht weiter geht, wird Nicklas beim Direktor ein letztes mal Verwarnt und soll zukünftig keine Schlägerei mehr an der Universität anfangen.

Auch Deniel wurde noch mal darauf hin gewiesen, das Er keinen Streit mehr anzetteln soll.

Nicklas geht mit einem leicht aufgesetztem Grinsen und schlechter Laune wieder in Richtung des Klassenzimmers.

Immer noch mit den Worten vom Direktor im Hinterkopf:

Das war das letzte mal, noch eine Chance bekommst Du nicht.

Beim nächsten mal fliegst Du von der Uni !

Leicht angesäuert, aber ohne es zu zeigen öffnet Nicklas die Tür zum Klassenraum und geht zum Lehrer, damit der weiß warum Nicklas zu spät gekommen ist.

Nicklas stellt sich Locker, Cool hin und sagt:

Ich war beim Direktor und musste die Schlägerei erklären.

Der Lehrer schaut Nicklas an und sagt:

Nun gut, setzen Sie sich und stören Sie nicht weiter den Unterricht.

Nicklas dreht sich Richtung Klasse und geht zu seinem Platz, dann bleibt Nicklas in der Mitte des Raumes stehen als Er in die Richtung seines Platzes schaut und einen neuen Studenten sieht.

Im ganzen Klassenzimmer wird es still.

Kurz darauf fangen 2 Studenten an leise zu tuscheln und zu flüstern.

Student eins flüstert leise zu einem anderen Studenten:

Wetten das es gleich wieder Ärger oder Schlägerei gibt?

Student zwei erwidert daraufhin:

Ja bestimmt, denn Nicklas hat noch nie jemanden neben sich geduldet.

Nicklas hört natürlich ihre Spekulationen und muss sich ein Grinsen verkneifen.

Er geht weiter und setzt sich ohne ein Wort zu verlieren neben Jonny.

Die Studenten staunen nicht schlecht und drehen sich Verwundert und Neugierig um.

Da räuspert sich der Lehrer kurz, damit sich die Augen wieder nach vorne richten und der Unterricht geht weiter.

Ohne das Nicklas es merkt, schaut Jonny kurz und still rüber zu Nicklas und muss sich auch ein Grinsen verkneifen über die Reaktion der Studenten.

Doch schließlich wendet auch Er wieder seinen Blick nach vorne.

Nach dem Unterricht entschließt sich Nicklas, da eh schon alle über Ihn reden, einfach mal sich einen Spaß daraus zu machen und das zu verstärken.

Nicklas dreht sich zu Jonny um, streckt Ihm die Hand entgegen zum Gruß und stellt sich vor.

Jonny lächelt, erwidert die Geste, greift nach der Hand und stellt sich auch vor.

Zu diesem Zeitpunkt konnte keiner Ahnen, das aus Spaß ernst wird und das diese kleine Geste der Anfang einer Liebe ist.

Nicklas war noch am zusammen räumen bevor Er raus geht und Jonny ging schon vor die Tür.

Dort traf Jonny noch mal auf die Studenten.

Die Studenten sagten:

Sei Vorsichtig und komm Nicklas nicht zu nahe, sonst wirst Du noch Verletzt werden oder gar schlimmeres.

Jonny schaut etwas genervt und sagt:

Ich will mir mein eigenes Urteil bilden.

Im Unterricht ist ja auch nichts passiert.

Daraufhin die Studenten:

Sag aber hinterher nicht, das wir Dich nicht gewarnt hätten.

So endet die Diskussion, denn die anderen merken, das sie Jonny nicht beeinflussen können.

Nachdem das Gespräch beendet war, kam auch Nicklas raus und ging an den anderen Studenten vorbei ohne Sie zu beachten.

Doch Nicklas erlaubte sich den Spaß, dreht sich um, winkt Jonny zu und dann ging Er weiter zu seinem Motorrad.

Jonny beschloss sich wegen dieser Geste dazu, das er Nicklas gerne kennen lernen würde und auch vielleicht mit ihm Freundschaft schließen kann.

Jonny ging rasch hinter Nicklas hinter her und sa, das Nicklas bei seinem Motorrad stand.

Jonny hat Ihn gerufen:

Nicklas, warte mal.

Nicklas daraufhin:

Ja, was gibt es ?

Jonny fast sein Mut zusammen und sagt:

Hey, ich wollte fragen ob wir Freunde werden können?

Nicklas freut sich innerlich darüber, das mal einer nicht auf die Gerüchte hört und Angst hat oder Streit sucht um Ihn von der Uni fliegen zu lassen und um zu testen ob es Jonny ernst meint sagt Er:

Du weißt schon, das die anderen über mich reden und das Du dadurch wahrscheinlich schlechter Anschluss finden wirst?

Jonny schaut Nicklas fest entschlossen an und sagt:

Das ist mir egal.

Ich gebe nichts auf Gerüchte und würde mir mein Urteil gern selber bilden.

Jonny staunte nicht schlecht als Nicklas ein lächeln über die Lippen huschte, ein Helm in der Hand hielt und Er zu Jonny sagte:

Na los, steig auf.

Ich bring Dich nach Hause.

Denn Nicklas hatte es wirklich gespürt, das Jonny es ernst meint mit der Freundschaft, dadurch will Nicklas auch gern sein Freund sein.

Jonny ließ es sich nicht zweimal sagen, denn Er nahm den Helm dankend an und stieg auf das Motorrad auf.

Denn auch Jonny spürte, das es Nicklas ernst meint mit der Freundschaft und Er freut sich auch, das Er Nicklas näher kennen lernen kann.

Nachdem Jonny gesagt hat wo Er wohnt, fuhr Nicklas mit Jonny zusammen auf seinem Motorrad los.

Zu diesem Zeitpunkt spürten beide eine gewisse Nähe und Verbindung zueinander, aber zum jetzigen Zeitpunkt denken beide, das es die Aufregung der Neu geschlossenen Freundschaft ist.
Und zum späteren Zeitpunkt werden Sie erkennen, das es Liebe ist.

Kapitel Zwei: Neugierige Schwester, Verständnisvolle Mutter

Nicklas hält vor dem Haus wo Jonny wohnt, schaltet das Motorrad aus und beide setzen den Helm ab.
Jonny steigt vom Motorrad ab, gibt mit einem lächeln auf den Lippen den Helm zurück und sagt:
Das war eine tolle Fahrt und es hat Spaß gemacht.
Danach fragt Jonny:
Sind wir jetzt wirklich Freunde?
Nicklas lächelt zurück, nimmt den Helm entgegen und sagt freundlich:
Ich nehme Dich gerne wieder mit Jonny.
Hier hast Du meine Nummer.
Gib mir auch deine, dann können wir uns erreichen wenn was ansteht.
Ich hole Dich morgen Früh ab mein Freund.

Jetzt wissen beide, das Sie wirklich Freunde sind, aber es wird nicht lange dauern, dann wird diese Freundschaft zur Liebe.
Mit einem Handschlag wird diese neue Freundschaft besiegelt und Sie verabschieden sich gegenseitig.
Nicklas startet sein Motorrad und fährt mit einem lächeln auf den Lippen zu sich nach Hause.
Auch Jonny ging mit einem lächeln auf den Lippen zu seiner Haustür.
Dort wird Er schon mit Neugierigen und Aufgeregten blicken von seiner Schwester Stella empfangen.
Stella fragt:
Wer war denn der heiße Typ da auf dem Motorrad, der gerade weg gefahren ist?
Jonny vergeht sein lächeln, er schaut seine Schwester ernst an und sagt:
Das ist mein neuer Freund Nicklas.
Stella daraufhin:
Wahnsinn.
Du bist gerade mal eine Woche an dieser Universität und kennst schon so einen tollen und heißen Typen?
Stellst Du ihn mir mal vor?
Oder noch besser, lade Ihn mal zu uns ein.

Stella blickt mit Verliebten und bettelnden Hunde Augen.

Jonny sagt zu seiner Schwester:

Mach mal langsam Stella.

Wir sind selber gerade erst Freunde geworden.

Wenn ich Nicklas so über falle, dann wirkt das Aufdringlich.

Du wirst bestimmt noch genug Möglichkeiten haben um Nicklas kennen zu lernen.

Stella zeigt Einsicht und sagt:

Hast ja recht, sorry aber der Typ ist echt der Hammer.

Und wieder huscht Jonny ein lächeln über die Lippen, da Er es geschafft hat seine Schwester etwas zu bremsen.

Jonny geht zufrieden in sein Zimmer und freut sich schon auf das Wochenende.

In dem Moment fällt Jonny ein, das Nicklas doch vorhin gesagt hat, das Er ihn morgen ab holt.

Jonny überlegt kurz, ob Nicklas vergessen hat, das Wochenende ist und Sie nicht zur Universität müssen.

Er entscheidet sich dafür Nicklas an zu rufen, aber Er geht nicht an sein Handy, denn Nicklas ist noch auf dem Weg nach Hause.

Jonny denkt sich:

Ach egal.

Nicklas wird schon zurück rufen beispielsweise mir eine Nachricht schreiben.

Jonny schaltet sich die Musik an und beginnt zu lernen.

Währenddessen kommt auch Nicklas zu Hause an und sieht den verpassten Anruf.

Ein lächeln huscht über seine Lippen und Er ruft Jonny auf seinem Handy zurück.

Jonny geht sofort an sein Handy als Er Nicklas namen liest und sagt aufgeregt:

Ja, Hallo?

Nicklas antwortet ruhig und fragt:

Du hast versucht mich zu erreichen?

Bin gerade zu Hause angekommen, also schieß los was gibt es?

Jonnys Aufregung legt sich und er Antwortet ruhig:

Naya, Du hast gesagt, das u mich morgen ab holst, aber es ist Wochenende.

Hast Du vergessen, das morgen kein Unterricht ist?

Nicklas lacht am Handy und sagt:

Natürlich habe ich das nicht vergessen mein Freund.

Jonny lächelt und fragt daraufhin:

Und, was hast Du morgen vor?

Nicklas daraufhin:

Ich dachte wenn wir schon Freunde sind, dann können wir uns auch außerhalb der Uni treffen und was Unternehmen.

Oder hast Du was besseres vor?

Jonny sagt daraufhin:

Nee, leider nicht.

Habe aber auch kein Bock den ganzen Tag rum zu hängen und mir meine nervige Schwester an zu hören.

Nicklas lacht am Handy und fragt:
Was denn, so schlimm?
Jonny lacht auch am Handy und sagt:
Noch schlimmer.

Beide lachen.
Kurze stille tritt ein und dann sagt Nicklas:
Also, morgen 8 Uhr zu früh?
Jonny daraufhin:
Nein passt, das ist eine super Zeit.
Wo geht es hin?
Nicklas antwortet:
Wie wäre es mit einer Spritztour auf meinen Motorrad und wenn das Wetter passt, dann können wir ja zum Strand.
Also nimm vorsichtshalber Badesachen mit.
Jonny sagt daraufhin:
Ja, das klingt super und Ich werde vorsichtshalber Badesachen mit nehmen.
Wenn Du magst, dann würde ich Dich auch gerne mal zu mir nach Hause einladen, dann kannst Du mich besuchen.
Ich wohne aber mit meiner Mutter und meiner Schwester Stella zusammen und das Mädel fährt voll auf Dich ab.
Nicklas lacht am Handy und sagt:
Ja, ich komme Dich gerne mal Besuchen, dann können wir mal auch zusammen lernen.
Im Gegensatz dazu kommst Du dann auch mal zu mir, denn ich wohne alleine und wir hätten dann Ruhe vor deiner Schwester.
Und kein Stress, ich kenne das mit den Mädels schon.
Jonny lacht auch am Handy und sagt:
Ja, so sind die Mädels, immer ein bisschen Nerven.

Jetzt müssen beide wieder lachen.
Kurze Stille tritt ein.
Dann unterbricht Jonny die Stille und sagt:
Ich wünsche Dir einen schönen Abend Nicklas.
Nicklas antwortet daraufhin:
Ja, dir auch noch einen schönen Abend Jonny.
Wir sehen uns morgen früh.

Beide legen mit einem freudigem Gefühl und einem lächeln auf den Lippen auf.
Jonny ist so in Gedanken versunken, das Er nicht bemerkt, das gerade seine Schwester wieder mal ohne Anklopfen in sein Zimmer kommt und sieht wie Jonny Gedanken verloren vor sich hin lächelt.

Stella grinst und sagt:

Was ist los Jonny?

Du lächelst so, war da etwa deine Freundin am Handy?

Verheimlicht mir mein Bruder etwa eine neue Freundin?

Jonny erschreckt sich, zuckt kurz zusammen wie auf frischer Tat ertappt und sagt:

Oh man, was soll das Stella?

Wie oft habe ich gesagt, das Du anklopfen sollst bevor Du mein Zimmer betrittst?

Mit wem ich telefoniere geht Dich gar nichts an!

Raus aus meinem Zimmer!!

Stella erschreckt über die Reaktion und sagt:

Ist ja schon gut.

Bin ja schon weg.

Kaum war Stella hinter der Tür, schmiss Jonny die Tür hinter Ihr zu.

Stella geht genervt in das Wohnzimmer und redet mit der Mutter.

Stella schmollt und sagt zu ihrer Mutter:

Mama, ich glaube, das Jonny eine Freundin hat und Er sagt uns nichts davon.

Das ist Unfair, ich bin so Neugierig wer Sie ist.

Die Mutter lächelt ruhig und sagt verständnisvoll:

Ach Stella, sei mal nicht so.

Jonny kennt Sie bestimmt noch nicht lang genug um sicher zu gehen, ob Sie es ernst meint oder nicht.

Früher oder später wird Jonny uns Sie bestimmt mal vorstellen.

Stella zuckt verständnisvoll mit den Schultern und sagt:

Ja, hast ja recht.

Ich werde nicht weiter nerven, aber ich bin trotzdem Neugierig wer Sie ist.

Die Mutter lächelte und es kehrte wieder Ruhe ein.

Was die beiden jetzt noch nicht wissen konnten war,

Es ist Samstag morgen und Jonny wartet schon ganz aufgeregt vor der Tür auf seinen neuen Freund Nicklas.

Stella lugt auch hinter der Gardine und ist Neugierig, aber die Mutter schüttelt mit dem Kopf und sagt:

Stalla, das gehört sich nicht.

Sei nicht so Neugierig.

Wir werden bestimmt noch früh genug seinen neuen Kumpel kennen lernen.

Stella erschreckt kurz und sagt dann:

Ja, tut mir leid.

Das erste mal als ich Nicklas auf seinem Motorrad gesehen habe, das war echt der Hammer.

Der Typ ist ja so was von Cool.

Genau in dem Moment kommt Nicklas schon um die Ecke gefahren und hält genau an der Straße zu Jonnys Wohnung.

Nicklas sagt zu Jonny:

Komm, steig auf.

Jonny sichtlich erleichtert das Nicklas das ist sagt:

Okay, los nichts wie weg hier.

Meine Schwester ist echt nervig.

Beide lachen.

Jonny setzt den Helm auf und setzt sich zu Nicklas auf das Motorrad.

Nicklas startet das Motorrad und sagt bevor Er los fährt:

Halt Dich gut fest.

Jonny legt seine Arme an Nicklas seine Seiten und Sie fahren zusammen los.

Da schönes Wetter ist fahren Sie zum Strand.

Kapitel Drei: Die Wahrheit im Gerücht

Nicklas und Jonny sind am Strand angekommen.

Beide ziehen sich um und haben beide jetzt nur noch Badehosen an.

Da sie beide fast gleich Alt sind, sind Sie natürlich auch ein wenig Rebellisch und Verspielt.

Sie albern beide herum, spielen Fangen und kabbeln sich, aber nur zum Spaß.

Zwischen durch wird mal eine Runde geschwommen oder etwas gegessen.

Danach geht es wieder ans rum Albern.

Nicklas und Jonny verbringen einen schönen Tag zusammen, sind sich näher gekommen und merken jetzt erst, das es schon dunkel wird.

Nicklas schaut zufrieden und sagt:

Das hat Spaß gemacht.

Das müssen wir mal wieder holen.

Nicklas spürt, das da mehr als nur Freundschaft ist und will Jonny näher kommen durch mehr treffen.

Er hat nach diesem Tag angefangen Gefühle für Jonny zu entwickeln.

Jonny schaut auch zufrieden und sagt:

Ja, das war ein echt super Tag.

Mir hat es auch Spaß gemacht und Ich würde es gerne jeder Zeit wieder holen.

Auch Jonny spürt, das da mehr als nur Freundschaft ist und will Nicklas näher kommen durch mehr treffen.

Jonny hat auch nach diesem Tag angefangen Gefühle für Nicklas zu entwickeln.

Jonny überlegt, ob er Nicklas wegen der Geschichte mit dem Typen der im Krankenhaus gelandet sein soll ansprechen kann.

Da die beiden sich jetzt gut verstehen, nimmt Jonny seinen ganzen Mut zusammen und versucht es einfach, denn Er möchte unbedingt die Wahrheit wissen.

Jonny schaut etwas schüchtern und fragt:

Sag mal Nicklas, wir sind doch jetzt Freunde oder?

Natürlich will Jonny mehr als Freundschaft, aber noch ist es zu früh um das an zu sprechen.

Nicklas schaut gemütlich zurück und sagt:

Ja natürlich, was dachtest Du denn?

Wir sind jetzt beste Freunde.

Natürlich will Nicklas auch mehr als Freundschaft, aber noch ist es zu früh, um das an zu sprechen.

Beide fühlen eine innige Verbindung zueinander und Sie kommen sich immer näher und so entwickelt sich aus der Freundschaft langsam die Liebe.

Jonny schaut verlegen zu Nicklas und sagt:

Ich würde Dich gerne was fragen, aber ich möchte nicht, das Du mir dann böse bist oder das unsere Freundschaft beeinträchtigt.

Nicklas schaut verlegen zurück und sagt:

Du kannst ruhig mit mir reden.

Wenn Dir etwas auf dem Herzen liegt, werde ich Dir zu hören, ehrlich Antworten und nicht böse sein.

Jetzt lächelt Jonny, senkt seinen Blick und sagt:

Also, als ich am ersten Tag hier angekommen bin, wurde ich davor gewarnt mich neben Dir zu setzen, weil Du den letzten der das gemacht hat ins Krankenhaus gebracht hast.

Ich habe mich davon nicht beeinflussen lassen und wollte gerne die Wahrheit in dieser Geschichte hören.

Wenn Du das aber nicht möchtest, dann musst Du es mir nicht sagen.

Nicklas senkt kurzfristig schweigend seinen Kopf, atmet tief durch, hebt seinen Kopf wieder und sagt:

Hör zu, das war so.

Der Typ hatte die Schwächeren schlecht behandelt und immer um ihr Geld, Handys und andere Sachen erpresst.

Ich hatte Ihn gebeten damit auf zu hören, aber es wurde immer schlimmer.

Damals hatte ich keine Beweise, deshalb bin ich auf Ihn los, weil die Lehrer nichts gemacht haben, nachdem Er jemand Blutig zu Boden und ins Krankenhaus geschlagen hatte.

Einen Tag später kam Er mit einem Grinsen in meine Richtung und wollte sich zu mir setzen.

Da bin ich aufgestanden und habe Ihn vor versammelter Klasse verprügelt.

Ich wollte, das Er genau das gleiche durch machen muss und weiß, was Er falsch gemacht hat.

Und so ist auch mein Ruf entstanden, aber ich habe mich schon daran gewöhnt und dann bist Du aufgetaucht und hast mir ohne Vorurteile deine Freundschaft angeboten.

Jonny hörte Nicklas bis zum Schluss zu und dann sagte Er:

Ich kann Dich gut verstehen.

Wahrscheinlich hätte ich in dieser Situation genau so gehandelt wie Du es getan hast.

Nicklas dreht sich zu Jonny, schaut Ihn an und sagt:

Ich danke Dir.

Willst Du trotzdem weiterhin mein Freund sein?

Jonny dreht sich zu Nicklas um, schaut Ihm in die Augen und sagt:

Ja natürlich will ich dein Freund sein.

Du hast Dich mir anvertraut und das finde ich echt super von Dir.

Nicklas verspürt den Drang sich mit einer Umarmung bei seinem neuen Freund zu bedanken.

Er gibt seinen Drang nach, zieht Jonny zu sich und gibt Ihm eine Umarmung.

Jonny kurz überrascht, lässt aber die Umarmung zu und erwidert diese.

Dabei merken beide, das Sie sich doch näher kommen und das diese Nähe zu einander keine Freundschaft mehr sein kann.

Nicklas und Jonny machen sich daran zusammen zu räumen, damit Sie sich auf dem Rückweg machen können.

Beide gehen sich nach einander mit einem lächeln auf den Lippen und immer noch der Umarmung im Hinterkopf umziehen und dann gehen sie Richtung Parkplatz, wo das Motorrad steht.

Kapitel Vier: Annäherung

Beide kommen sie am Motorrad Glücklich über diesen Tag an.

Nicklas lächelt Verlegen und sagt:

Los komm, steig auf.

Ich bringe Dich nach Hause.

Nicht, das Du wegen mir noch Ärger bekommst, wenn Du zu spät nach Hause kommst.

Jonny lächelt Verlegen zurück, steigt auf das Motorrad und setzt sich dieses mal näher an Nicklas heran.

Dieses mal legt Jonny die Hände nicht an den Seiten, sondern um den Bauch von Nicklas und verschränkt seine Finger.

Nicklas genießt diese Nähe zu Jonny, startet das Motorrad und Sie fahren beide zusammen zurück.

Sie kommen um 20 Uhr vor Jonnys Wohnung an.

Nicklas schaltet die Maschine ab und Jonny steigt vom Motorrad ab.

Beide setzen den Helm ab und Jonny reicht den Helm Richtung Nicklas.

Nicklas ergreift die Chance und streift mit seinen Händen unter den Helm an Jonnys Hände, berührt die Finger von Ihm und hält sie während des Redens fest.

Denn Nicklas will sich nicht ohne eine Berührung verabschieden und will sich auch so vergewissern, ob sich sein Gefühl täuscht, das es keine Freundschaft mehr ist, sondern der Anfang einer Beziehung.

Nicklas schaut Jonny in die Augen und fragt während Er die Hand von Jonny unter den Helm hält, so das es keiner sieht:
Wollen wir das morgen wieder holen?
Es ist Sonntag und ich hätte eh nichts besseres vor.

Jonny etwas Verlegen, aber spürt, das Nicklas das ernst meint und zu Nicklas seiner Freude erwidert Jonny den Griff unter den Helm.
Denn auch Jonny will nicht, das Nicklas los fährt ohne das Er Ihn berührt hat auf diese Weise.
Jetzt spüren beide, das dies der Anfang einer Beziehung ist.
Jonny lächelt und sagt:
Ja, sehr gerne.
Das hat wirklich Spaß gemacht.
Ich wünsche Dir eine gute Heimfahrt und einen schönen Abend
Daraufhin lässt Nicklas die Hand von Jonny los, lächelt und sagt:
Ja, bis morgen.
Ich freue mich schon drauf.
Wünsche Dir auch noch einen schönen Abend.

Nicklas startet das Motorrad und fährt mit einem lächeln auf den Lippen nach Hause.
Auch Jonny geht lächeln in die Wohnung.
Beide sind zu Hause angekommen und gehen mit einem glücklichen Gefühl schlafen.
Jonnys Mutter hatte nichts weiter gesagt, weil es eine gute Uhrzeit und nicht zu Spät war.
Aber spätestens am frühen Morgen wird Jonny schon mit Fragen von seiner Schwester Stella bombardiert.
Jonny erwartet es sehendlich , das Nicklas kommt um Ihn ab zu holen.
Stella schaut Neugierig und sagt:
Und, wie war es so mit deinem neuen Kumpel?
Kannst Du ihn nicht mal zu uns Einladen?
Ich will Nicklas auch kennen lernen.
Jonny schaut genevt und sagt:
Stella, du nervst.
Ja, ich werde Nicklas mal Einladen, aber das heißt nicht, das Du dich gleich an Ihn ran schmeißen musst.

In dem Moment merkt Jonny, das er Eifersüchtig ist und Er weiß, das es daran liegt, weil er Gefühle für Nicklas empfindet.
Stella spielt die Beleidigte und sagt:
Sei nicht so, der Typ ist echt süß.
Ich kann doch mal mein Glück versuchen und wenn Nicklas nichts von mir will, dann lass ich es sein.
Jonny mit genervter Mine sagt:
Es gibt nicht nur Nicklas an unserer Universität.
Kannst Du dir nicht wen anderes suchen?

Die Mutter greift ein und sagt:

Jetzt ist aber Schluss ihr beiden Streithähne.

Vertragt euch.

Stella, gib Jonny Zeit.

Er wird uns Nicklas schon noch Vorstellen oder hier her Einladen.

Ich hätte nichts dagegen.

Jonny, versteh deine Schwester ein bisschen und sei nicht so streng.

Stella wird irgendwann den Richtigen für sich finden und bis es soweit ist, lass Sie doch schauen, ob Nicklas was von Ihr will.

Nicklas wird Sie schon von sich aus bremsen, wenn Er nichts von Ihr wissen will.

Jonny und Stella schauen sich gegenseitig an und sagen etwas genervt:

In Ordnung.

Einverstanden.

Die Mutter ist froh, das sie es geschafft hat zwischen den beiden zu schlichten.

Und schon kommt auch Nicklas angefahren, hält vor der Tür, steigt vom Motorrad ab und geht klingeln um Jonny ab zu holen.

Jonny rennt regelrecht zur Tür und sagt:

Das ist Nicklas, ich geh dann mal.

Bis heute Abend.

Die Mutter lächelt und sagt:

Ja Okay.

Viel Spaß und komm nicht so spät.

Stella kann sich ein grinsen nicht verkneifen und sagt:

Bestell Nicklas schöne Grüße von mir.

Jonny schaut skeptisch und sagt:

Jaja, mach ich.

So, ich bin dann mal weg.

Jonny beeilt sich regelrecht um zur Tür und raus zu kommen.

Er ist so schnell, das er Nicklas fast in die Arme läuft.

Doch Jonny dreht sich etwas, schnappt Nicklas am Handgelenk, zerrt Ihn mit und sagt:

Los komm.

Lass uns gehen.

Am Motorrad angekommen bemerkt Jonny, das er immer noch Nicklas am Handgelenk fest hält und peinlich berührt lässt Er es los.

Etwas Verlegen sagt dann Jonny:

Sorry wegen eben, aber meine Schwester hat mich so genervt, da wollte ich nur noch raus und habe Dich geschnappt.

Nicklas lächelt Verlegen und sagt:

Kein Ding, das macht mir nichts aus.

Los komm steig auf, wir fahren wieder zum Strand.

Das Wetter ist Perfekt dafür.

Jonny lächelt Verlegen zurück und sagt:

Okay, super.

Danke Dir.

Los machen wir uns einen schönen Tag.

Nicklas daraufhin:

Na dann steig auf, es geht los.

Und so wie beim letzten mal setzt sich Jonny nah an Nicklas heran und legt seine Hände von hinten um Nicklas seinen Bauch.

Das ist jetzt zur Gewohnheit geworden und stört beide nicht mehr, denn Sie genießen diese Nähe zueinander.

Kapitel Fünf: Liebesgeständnis und Erster Kuss

Nicklas und Jonny sind, da schönes Wetter ist zum Strand gefahren und legen eine Decke auf die Wiese zum aus ruhen.

Nicklas und Jonny haben sich beide umgezogen und nur noch Badehosen an.

Zuerst wird etwas gegessen und nach einer halben Stunde gehen beide schwimmen.

Nach ein paar Schwimmzügen geht es zurück zum Strand.

Beide bekommen wieder durch ihr Rebellisches Wesen, Lust zu spielen.

Es dauert keine zwei Minuten und die beiden Freunde fangen an sich Freundschaftlich zu kabbeln.

Nachdem Sie das erledigt hatten, waren die beiden immer noch aufgekratzt und fingen an Fangen zu spielen.

Nicklas ist an der Reihe, er jagt hinter Jonny hinterher und beide lachen dabei.

Nicklas ruft zu Jonny:

Ich habe Dich gleich.

Jonny dreht sich um und ruft zurück:

Vergiss es.

Mich kriegst Du nie.

Nachdem Jonny sich wieder nach vorne dreht um weiter zu rennen, hat er so viel Schwung drauf, um nicht vor dem sich liegenden Ast ab zu bremsen.

Jonny bleibt mit seinem Fuß hängen und droht zu fallen.

Doch in der Zwischenzeit ist Nicklas schon zur stelle um Jonny vor dem Fall zu bewahren.

Schnell schnappt sich Nicklas die Hand von Jonny und zieht Ihn mit Schwung hoch.

Der Schwung ist so stark, das Jonny direkt in Nicklas seine Arme landet und im Moment noch nicht merkt, das er sich den Fuß verstaucht hat.

Durch den Schwung liegt Jonny sein Kopf an Nicklas seinen Oberkörper und Jonnys linke Hand liegt auf die Schulter von Nicklas, sehr nahe am Nacken.

Um sich auf zu richten, fährt Jonny mit seiner Hand von der Schulter zum Nacken und zieht sich hoch.

Jonny schaut Nicklas verlegen und rot im Gesicht an.

Ihre beiden Gesichter berühren sich fast, als Jonny sagt:

Danke Nicklas.

Ohne Dich, wäre ich gefallen.

Nicklas wird auch rot im Gesicht, er schaut Jonny Verlegen an und sagt:

Kein Problem.

Ich würde Dich jeder Zeit retten.

Der Herzschlag wird schneller und die Spannung zwischen beiden ist regelrecht zu spüren.

Jonnys Atem wird schneller und es liegt eine gewisse Spannung in der Luft.

Er fährt mit seiner Hand von Nicklas seinen Nacken in die Haare und zieht sich so noch ein Stück näher ran.

Auch Nicklas sein Atem wird schneller, da Er auch diese Spannung spürt und auch Nicklas rückt näher an Jonny heran.

Nicklas nimmt das Kinn von Jonny in die Hand und zieht es nach oben.

Jetzt schauen sich beide direkt in die Augen und Sie spüren beide das Verlangen sich zu küssen.

Beide spüren und wissen, das dies jetzt der richtige Zeitpunkt ist um die Gefühle zu einander aus zu drücken und sich ihrer Liebe zu einander ein zu gestehen.

Jonny legt seinen Kopf etwas seitlich, streichelt verlangend Nicklas durch die Haare und sein Atem wird schneller.

Nicklas sein Atem wird auch schneller, er streichelt mit seiner rechten Hand an Jonnys Gesicht, beugt sich langsam nach vorne und gibt Ihm einen zärtlichen Zungenkuss.

Jonny erwiedert diesen zärtlichen Kuss und für einen Moment stehen Sie da, geben sich ihren Gefühlen hin und Küssen sich leidenschaftlich.

Da meldet sich der verstauchte Knöchel wieder und der Schmerz reißt beide aus diesen zärtlichen Moment und der leidenschaftlichen Umarmung.

Beide atmen heftig und schauen sich mit roten Wangen und Verlegen an.

Nicklas schaut errötet zu Jonny und fragt:

Hast Du dich Verletzt?

Jonny schaut errötet zurück und sagt:

Ich glaube, das ich mir den Fuß verstaucht habe bei den Schwung zu Dir.

Nicklas antwortet Verlegen:

Oh, tut mir leid.

Ich wollte Dich nicht Verletzen.

Jonny lächelt verlegen und sagt:

Nein, schon Okay.

Es ist nicht deine Schuld.

Das war ein dummer, aber schöner Zufall.

Jetzt lächelt auch Nicklas und sagt:

Warte, ich schaue mir das mal an.

Ich versorge Dich und bringe Dich dann nach Hause.

Jonny freut sich über die Fürsorge und sagt:
Okay, danke.
Das ist Nett von Dir.

Vorsichtig und mit viel Gefühl versorgte Nicklas den Fuß von Jonny.
Dabei konnte es beiden nicht entgehen, einen erregten Seufzer zu machen.
Nicklas streichelte sachte mit seiner Hand den Fuß entlang.
Doch als Jonny durch diese Zärtlichkeit auf stöhnte, hielt er inne, denn soweit will Nicklas noch nicht gehen.
Im Gegenzug dafür küsst Jonny ganz zärtlich Nicklas seinen Hals.
Doch als auch Nicklas durch diese Zärtlichkeit auf stöhnt, hält er inne, denn auch Jonny will jetzt noch nicht soweit gehen.

Etwas Verlegen und noch im Gedanken an diese Zärtlichkeiten sagt Jonny:
Ich danke Dir, das Du mich gerettet und meinen Fuß versorgt hast.
Dieser Kuss und die anderen Zärtlichkeiten, bedeutet das wir jetzt ein Paar sind, oder täuscht mich mein Gefühl?

Nicklas wird rot wie eine Tomate, senkt seinen Blick und sagt:
Ich mag Dich wirklich sehr.
Von dem Tag an, als Du mir deine Freundschaft angeboten hast und mit mir mitgefahren bist hatte ich diese Gefühle.
Ich wollte nur nichts sagen, da ich dachte, das Du dann doch nicht mein Freund sein möchtest.
Jetzt ist es halt so, das ich mehr als nur Freundschaft für Dich empfinde.
Als ich gesehen habe, wie Du kurz vorm Sturz standest, da musste ich Dir helfen.
Und als Du dann durch den Schwung in meine Arme gelandet bist und mir die Hände in den Nacken gelegt hast, da konnte ich mich nicht mehr zurück halten.
Jetzt möchte ich ganz Ehrlich von Dir wissen, ob Du für mich auch mehr als nur Freundschaft empfindest.
Wenn dem nicht so ist, dann vergessen wir das Gespräch und ich behandele Dich wie einen normalen Kumpel.
Solltest Du doch was für mich empfinden, dann wäre ich froh, wenn Du und Ich ein Paar werden.

Verlegen wendet Nicklas seinen Blick ab, da Er sich Jonny komplett geöffnet hat.
Nicklas wartet jetzt Nervös, Geduldig und mit rotem Gesicht auf eine Antwort von Jonny.

Jonny ist gerührt von dieser Offenheit, wird rot im Gesicht, senkt seinen Blick und antwortet Verlegen:

Ich mag Dich auch schon seid dem Tag, an dem ich bei Dir mit gefahren bin.

Und als ich gemerkt habe, das es mich stört und mich Eifersüchtig macht, wenn meine Schwester mich über Dich aus fragt, da ist mir klar geworden, das auch ich mehr als nur Freundschaft für Dich empfinde.

Als ich dann kurz vorm stürzen war, habe ich mir innerlich regelrecht Gewünscht, das Du mich rettest.

Als ich dann durch den Schwung in deine Arme gelandet bin, habe ich mich dabei erwischt, mir zu Wünschen, das Du mich Küsst.

Also ja, ich Empfinde auch mehr als Freundschaft für Dich und will mit Dir eine Beziehung ein gehen.

Beide stehen sich Nicklas und Jonny gegen über und schweigend lächeln Sie sich gegenseitig an und freuen sich, das Sie beide das gleiche füreinander empfinden.

Danach, nach einen kurzen Moment des Schweigens, gestehen sich Nicklas und Jonny gegenseitig, das Sie sich lieben.

Diese gegenseitige Liebeserklärung wird noch mal mit einer leidenschaftlichen Umarmung und einem zärtlichen Kuss besiegelt.

Dann lächelt Nicklas und sagt:

Komm, ich bringe Dich nach Hause.

Ich will ja nicht, das Du meinetwegen Ärger bekommst, wenn Du zu spät nach Hause kommst.

Muss ja jetzt einen guten Eindruck machen.

Jonny lächelt auch und sagt:

Ja, komm fahren wir.

Meiner Familie sagen wir aber noch nichts.

Das müssen wir langsam angehen lassen.

Nicklas grinst und sagt:

Ja, das ist mir schon klar und es wird nicht einfach werden, aber das schaffen wir schon.

Wir werden erst mal damit anfangen, das ich Dich zu Hause besuchen komme und wir zusammen Lernen, nur zum Schein natürlich, brauchen ja eine Ausrede.

Dann steigern wir das, indem Du bei mir Übernachten darfst.

Jonnys Gesicht wird bei dieser Vorstellung etwas rot und er sagt:

Das ist eine gute Idee.

So machen wir das.

Nicklas reicht Jonny die Hand und sagt:

Okay.

Komm, los fahren wir zurück mein Freund.

Jonny ergreift lächelnd die Hand und sagt:

Ja gerne, mein Freund.

Und schon startet Nicklas die Maschine und das frisch verliebte Pärchen macht sich auf dem Weg nach Hause.

Kapitel Sechs: Beziehungsaufbau

Nicklas hat Jonny nach Hause gebracht und hält vor der Tür.
Nicklas schaltet die Maschine aus und fragt:
Wie geht es deinem Knöchel?
Jonny freut sich über die Fürsorge und sagt:
Alles Okay.
Ist nur Verstaucht.
Nicklas atmet erleichtert aus und sagt:
Gut, das freut mich zu hören.
Es sind ja ab morgen Semesterferien.
Wollen wir da dann anfangen deine Familie darauf vor zu bereiten, das wir ein Paar sind?
Oder ist Dir das zu früh?
Jonny lächelt und sagt:
Nein, wir können die Semesterferien dafür nutzen um uns zu Outen und meine Familie darauf vor zu bereiten, das wir ein Paar sind.
Wir machen das so, wie Du es gesagt hast.
Erst kommst Du zu mir und dann machen wir es so, das ich bei Dir Übernachten kann.
Wir können auch mal zusammen Zelten gehen.
Nicklas lächelt zurück und sagt:
Ja, so machen wir das.
Okay, gib deiner Familie Bescheid, das Du mich vorstellen möchtest und das ich Euch in zwei Tagen besuchen komme.
Dann hat Sie genug Zeit um etwas vor zu bereiten.
Wir sehen uns in zwei Tagen, ich fahr dann mal los.
Ich liebe Dich Jonny.
Jonny daraufhin:
Ich liebe Dich auch Nicklas und ich kann es kaum erwarten,
das die zwei Tage vergehen.
Ich Sage meiner Familie morgen Bescheid, das Du kommst.

Da niemand zu sieht, verabschieden sich Nicklas und Jonny noch mit einer leidenschaftlichen Umarmung und einem zärtlichen Kuss.
Dann startet Nicklas sein Motorrad und fährt zu sich nach Hause.
Diese Nacht hatten beide Jungs einen schönen Schlaf, denn Sie sind frisch ineinander Verliebt und können den Tag kaum abwarten, an dem Sie sich wieder sehen.
Durch die Nervosität war die Nacht für beide ziemlich kurz, aber ab diesen Tag sind endlich Semesterferien und die beiden freuen sich schon, das Sie ab jetzt als Liebespaar was zusammen und gemeinsam Unternehmen können.

Nach einer Dusche geht Jonny fröhlich runter zum Frühstück und sagt zu seiner Mutter:

Ab heute sind Semesterferien.

Ich habe für morgen meinen Kumpel Nicklas zum Essen und Lernen eingeladen und hoffe das geht in Ordnung?

Die Mutter lächelt und sagt:

Ja natürlich Jonny.

Ich freue mich, das Du mal deinen neuen Freund vorstellst.

Ich werde etwas zu Essen zurecht machen, dann kann dein Freund bei uns essen.

Jonny ist Erleichtert, lächelt Zufrieden und sagt:

Vielen Dank.

Ab welche Uhrzeit ist es Dir recht?

Mutter daraufhin:

Sag deinem Freund, das Er ab Zehn Uhr da sein kann.

Wenn Nicklas dann später kommen möchte, dann ist das auch kein Problem.

Jonny freut sich und sagt:

Nein, das geht in Ordnung.

Nicklas wird ab Zehn Uhr da sein.

Wenn wir etwas länger mit dem Lernen brauchen, kann Nicklas dann hier Übernachten?

Jonny schaut mit bettelnden Augen, denn Er weiß ganz genau, das seine Mutter da nicht Nein sagen kann.

Die Mutter säufst und sagt:

Ja Okay.

Wenn es zu Spät wird, dann kann Nicklas das Gästezimmer haben.

Jonny lächelt über alle maßen Glücklich und sagt:

Vielen dank, das werde ich Dir nie Vergessen.

Ich rufe Nicklas gleich an und gebe Ihn wegen morgen Bescheid.

Danke noch mal, das ist echt Lieb von Dir.

Jonny kann es sich nicht verkneifen seine Mutter liebevoll zu Umarmen um so seine Dankbarkeit aus zu drücken.

Zu diesem Zeitpunkt merkt Jonnys Mutter, das sich Jonny sehr Verändert hat und viel Glücklicher und Offener geworden ist und Sie hat so eine Ahnung, das es an Nicklas liegt.

Die Mutter erwidert die Umarmung und sagt:

Schon gut.

Ich freue mich einfach, das Du einen Freund gefunden hast, mit dem Du dich so gut verstehst.

Jonnys Mutter spürt, das Nicklas wohl mehr als nur ein Freund für Jonny ist und deshalb hat Sie sich vorgenommen diese neue Verbindung zu akzeptieren, denn Sie möchte, das Jonny Glücklich ist.

Jonny entlässt seine Mutter aus der Umarmung und geht zu seinem Zimmer um seinen Freund Nicklas an zu rufen.

Im Zimmer angekommen, schnappt sich Jonny eifrig sein Handy und wählt die Nummer von Nicklas.

Mit nur einem Handtuch bekleidet kommt Nicklas gerade von seinem Badezimmer raus und sieht, das sein Handy klingelt.

Als Nicklas sieht, das es Jonny ist, geht Er lächelnd an sein Handy ran.

Nicklas sagt:

Hallo mein Freund.

Was gibt es?

Jonny daraufhin:

Ich habe meiner Mutter gesagt, das Du morgen vorbei kommst, damit ich Dich vorstellen und wir zusammen lernen können.

Sie sagt, das Du ab Zehn Uhr da sein kannst und wenn das Lernen länger dauert, kannst Du bei uns Essen und Übernachten.

Wir haben ein Gästezimmer, da kannst Du dann schlafen.

Nicklas antwortet daraufhin:

Das hört sich gut an.

Ich Übernachte gern bei euch im Gästezimmer.

Im Gegenzug dazu kommst Du mal zu mir zum Übernachten,

denn Ich wohne alleine.

Dann haben wir etwas Zeit für uns.

Jonny errötet und sagt:

Ja, das geht in Ordnung.

Ich komme gerne mal zu Dir zum Übernachten.

Morgen müssen wir uns natürlich noch vor meiner Familie zurück halten.

Sobald ich aber bei Dir bin, dann holen wir alles nach.

Nicklas errötet auch und sagt dann mit erregten Gedanken:

Okay, in Ordnung.

Dann bringst Du aber auch Zeit mit.

Ich will dann jede Minute damit verbringen, das wir uns so richtig Verwöhnen.

Jonny antwortet auch mit erregten Gedanken:

Ja, ich bringe Zeit mit, damit wir uns noch näher kommen.

Okay, wir sehen uns dann morgen um Zehn Uhr bei mir.

Ich liebe Dich Nicklas und ich freue mich jetzt schon auf den gemeinsamen Abend bei Dir.

Wünsche Dir einen schönen Abend und eine gute Nacht, bis morgen.

Nicklas daraufhin:

Ich liebe Dich auch Jonny und ich freue mich auch schon auf unseren gemeinsamen Abend bei mir.

Wünsche Dir auch einen schönen Abend und eine gute Nacht.

Ein Kuss am Handy beendet das Gespräch.

Nicklas und Jonny gehen beide mit errötetem Gesicht und einem lächeln auf den Lippen schlafen und freuen sich schon auf den morgigen Tag.

Kapitel Sieben: Kennen lernen der Familie

Ein neuer Tag bricht an.

Jonny steht fröhlich auf, geht Duschen, zieht sich an und hilft seiner Mutter bei den Vorbereitungen für das treffen mit Nicklas.

Auch Stella kann es nicht verkneifen sich zurecht zu machen und auf zu Hübschen.

Sie weiß ja zum jetzigen Zeitpunkt nicht, das Nicklas nichts von Ihr wissen will und schon längst mit Jonny zusammen ist.

Zum gleichen Zeitpunkt macht sich auch Nicklas daran auf zu stehen, zu Duschen, sich an zu ziehen und zu seinem Motorrad zu gehen, damit Er zu seinem Freund fahren kann.

Nicklas ist bei seinem Motorrad angekommen.

Er steigt auf, startet die Maschine und fährt zu Jonny.

Die Mutter von Jonny ist mit den Vorbereitungen fertig und sagt:

So Jonny, wir haben alles fertig.

Jetzt warten wir nur noch auf dein Freund Nicklas.

Danke, das Du mir bei den Vorbereitungen geholfen hast.

Jonny lächelt Glücklich und sagt:

Ja, das war doch selbstverständlich, das ich Dir geholfen habe.

Schließlich habe ich ja Nicklas auch Eingeladen um Ihn euch vor zu stellen.

So könnt Ihr euch kennen lernen und ich kann mit Nicklas zusammen lernen.

Jonny hasst natürlich die Ausrede mit dem Lernen, aber Er will seiner Mutter zum jetzigen Zeitpunkt noch nicht verraten, das Nicklas sein fester Freund ist.

Er kann ja nicht ahnen, das seine Mutter längst gespürt hat, das Nicklas nicht nur ein normaler Freund ist und das Sie es nicht verbieten wird mit Ihm zusammen zu sein.

Die Mutter lächelt und erwidert daraufhin:

Okay Jonny.

Das freut mich sehr.

Stella ist natürlich auch schon fertig damit sich auf zu Hübschen.

Sie kommt von ihrem Zimmer runter in das Esszimmer und fragt:

Und, wie sehe ich aus?

Glaubt ihr, das ich Nicklas gefallen werde?

Die Mutter lächelt und sagt:

Du siehst hübsch aus Stella, aber steiger Dich nicht zu sehr rein.

Du wirst ja sehen oder merken, ob Nicklas was von Dir will oder nicht.

Stella lächelt und sagt:

Ja keine Sorge.

Ich werde es nicht Übertreiben.

Stella wird sich an das Versprechen halte, denn Sie will ja einen guten Eindruck machen.

Jonny setzt ein aufgesetztes Grinsen auf und sagt:
Ja, siehst hübsch aus.

Denn Jonny weiß genau, das Nicklas nichts von Stella wissen will, denn Er ist ja schon mit Nicklas zusammen ist.
Stella erwidert mit einem Lächeln und sagt:
Danke Bruder.
Ich bin froh, das wir uns wieder Vertragen.
Es wäre ja Blödsinn wegen so etwas zu Streiten.
Ich verspreche Dir, das ich auch zukünftig Dich nicht mehr mit meinen Fragen nerven werde.
Denn ich will jetzt selbst alles heraus finden.
Jonny freut sich und sagt:
Ja, ich bin auch froh, das wir uns wieder Vertragen.
Es wäre wirklich lächerlich gewesen, sich wegen so etwas zu Streiten.

Die Mutter von den beiden hat alles mit gehört und freut sich, das die beiden Geschwister sich wieder miteinander Vertragen.
Genau in dem Moment kommt Nicklas um die Ecke gefahren und hält vor der Tür.
Nicklas steigt vom Motorrad ab, setzt den Helm ab, geht zur Tür und klingelt.
Jonny geht aufgeregt zu Tür, öffnet Sie und sagt:
Los komm.
Ich nehme Dich mit rein und stell Dich vor.
Nicklas grinst und sagt:
Okay.
Wird schon schief gehen.

Jetzt kann sich auch Jonny ein Grinsen nicht verkneifen und geht vor Nicklas vorweg, zeigt Ihm den Weg in das Esszimmer wo schon seine Mutter und seine Schwester Stella auf Ihn warten.
Beide kommen Sie im Esszimmer an.
Jonny lächelt zu seiner Familie und sagt:
Mutter, Stella, das ist mein Freund Nicklas.
Weil wir uns so gut Verstehen, werden wir jetzt öfter etwas zusammen Unternehmen.
Nicklas lächelt, streckt seine Hand aus und sagt:
Freut mich, euch kennen zu lernen.
Ihr Sohn ist, seid Er an der Uni angefangen hat zu einen wichtigen Freund für mich geworden.
Und ich freue mich wirklich, das ich mit Jonny jetzt öfter was Unternehmen kann.

Die Mutter spürt diese tiefe Verbindung zwischen den beiden und Sie ist sich jetzt sicher, das die beiden nicht nur Freunde sind, sondern angefangen haben eine Beziehung zu führen.
Das Sie es eh nicht ändern kann, empfängt sie Nicklas mit offenen Armen und akzeptiert diese Beziehung.

Die Mutter lächelt, reicht Nicklas die Hand und sagt:

Freut mich ebenso Dich kennen zu lernen.

Es freut mich zu hören, das Jonny so einen guten Freund gefunden hat, mit dem Er gemeinsam was Unternehmen kann.

Nicklas Du kannst uns ruhig duzen, denn ich höre nur gutes von meinem Sohn über Dich.

Du bist jederzeit herzlich Willkommen.

Nicklas lächelt und sagt:

Ich danke Dir, das ich hier so freundlich Empfangen und Aufgenommen werde, das ist echt schön.

Jetzt dreht sich Nicklas zu Stella und reicht auch Ihr die Hand um Sie zu grüßen.

Nicklas sagt zu Stella:

Es freut mich auch Dich kennen zu lernen.

Stella errötet sofort, greift Nicklas seine Hand zum Gruß und sagt:

Die Freude ist ganz meiner seids.

Ich habe Dich schon so oft gesehen und nun lerne ich Dich kennen und bin echt begeistert.

Nicklas lässt schnell die Hand wieder los und sagt:

Freut mich zu hören.

Nicklas merkt, das Stella errötet ist und greift sofort ein, damit Sie sich keine falschen Hoffnungen macht und sich in Ihn verliebt.

Nicklas schaut Stella an und sagt:

Du bist so rot im Gesicht.

Sag mal empfindest Du etwas für mich?

Sei ehrlich, ich werde Dir auch nicht böse sein.

Stella senkt den Kopf und sagt ganz schüchtern:

Nun ja, ich weiß nicht genau.

Du bist echt süß und Du gefällst mir, aber ich wollte nichts überstürzen.

Ich wollte auch nicht aufdringlich wirken oder komisch rüber kommen.

Nicklas lächelt und sagt daraufhin freundlich:

Ich fühle mich Geehrt und Geschmeichelt, das Du mich auf diese Weise magst.

Es tut mir leid, aber ich habe kein Interesse an Dir und ich möchte auch nicht, das Du dir falsche Hoffnungen machst.

Aber wir können ja gerne Freunde werden.

Stella schaut Nicklas an und sagt:

Ich danke Dir, das Du ehrlich zu mir bist.

Ja eine Freundschaft wäre mir auch recht.

Kurze Stille tritt ein.

Die Mutter bemerkt den peinlichen Moment, unterbricht die Stille und sagt:

So ihr drei.

Das Essen ist fertig.

Setzen wir uns doch und Essen etwas.

Die drei Atmen erleichtert aus und sagen dann fröhlich:
Okay.
Wir kommen.

Alle sitzen gemütlich am Tisch, essen und der peinliche Moment ist ziemlich schnell vergessen.
Die Zeit vergeht ziemlich schnell, das Essen ist vorüber und die beiden Jungs gehen hoch zu Jonnys Zimmer um zu lernen.
Beide wissen zu gut, das Sie jetzt wirklich für diesen Tag nur zur Tarnung Lernen und später ein bisschen Zocken tun.
Bevor die beiden hoch gehen, geht Nicklas noch mal zu Jonnys Mutter und sagt:
Danke für den schönen Tag.
Das Essen war sehr lecker.
Jonnys Mutter lächelt und sagt:
Freut mich, das es Dir geschmeckt hat.
Jetzt macht euch noch einen schönen Tag.

Und schon ist Nicklas wieder Richtung Jonnys zimmer, damit Sie zusammen Lernen und auch ein bisschen mit einer Konsole zocken können.
Es geht Richtung Abend zu.
Nicklas und Jonny machen sich Bett fertig.
Nicklas lächelt verschmitzt in Richtung Jonny und sagt:
Das nächste mal kommst Du zu mir.
Freue mich jetzt schon darauf, alles nach zu holen.
Jonny lächelt verschmitzt zurück und sagt:
Ja sehr gerne.
Ich freue mich, das heute alles so gut gelaufen ist.

Beide haben einen verlangenden Blick in den Augen, aber Nicklas und Jonny wissen genau, das Sie sich bis zu dem Tag an dem Jonny zu Nicklas nach Hause kommt, noch zurückhalten müssen.
Das ist aber kein Problem für das junge Paar, denn Sie sind frisch Verliebt.
Beiden reicht ein kurzer Blick, denn Sie verstehen sich auch schon ohne Worte.
Nicklas und Jonny winken sich gegenseitig vorm schlafen gehen noch mal zu.
Sie gehen beide Glücklich und Zufrieden über den Tag, der so gut verlaufen ist ins Bett und schlafen.

Kapitel Acht: Vertiefung der Beziehung

Es ist morgen, Nicklas und Jonny haben beide gut geschlafen.
Die beiden Jungs gehen nach einander Duschen.
Nicklas zieht sich an, geht runter in das Esszimmer und bedankt sich noch mal dafür, das Er übernachten durfte.

Jonnys Mutter sagt:

Kein Problem.

Du bist jederzeit Herzlich Willkommen.

Kannst gerne mal wieder kommen, aber Ruf vorher an.

Und Nicklas, sei bitte gut zu meinem Jungen.

Durch den gestrigen Tag, hat die Mutter bemerkt, das die beiden ein Paar sind und will sich Ihnen nicht in den Weg stellen.

Sie freut sich, das Jonny glücklich ist und jemand gefunden hat der Ihn Liebt und das auch auf Gegenseitigkeit beruht.

Nicklas erst Erschrocken über die Einsicht, aber lächelt dann und sagt:

Ja, keine Sorge.

Ich werde mich gut um Jonny kümmern und Ihn nie im Stich lassen.

Danke, das Du unsere Beziehung akzeptierst und das ich mit Jonny zusammen sein darf.

Jonnys Mutter daraufhin:

Ja, die Hauptsache ist doch, das Jonny glücklich ist und das scheint Er mit Dir am meisten zu sein.

Also akzeptiere ich eure Beziehung und hoffe sehr, das Ihr zusammen bleibt und das Du es ernst meinst.

Nicklas lächelt und sagt:

Ja, ich meine es wirklich ernst mit ihren Sohn.

Jonny und ich wir lieben uns und ich bin Glücklich darüber, das Sie unsere Beziehung akzeptieren.

Kann Jonny dann auch mal bei mir Übernachten?

Wir haben auch geplant in nächster Zeit Zelten zu gehen, aber wir wollten erst fragen.

Jonnys Mutter lächelt über die Aufrichtigkeit und sagt:

Das ist aber nett von euch.

Ihr seid beide Erwachsen und müsst normal nicht mehr um Erlaubnis bitten.

Ich freue mich aber zu sehen, das Du Anstand besitzt.

Es reicht, wenn Ihr mir vorher Bescheid gebt.

Ich bin damit wirklich einverstanden, das Ihr beide was zusammen unternehmt.

Nicklas daraufhin freundlich:

Vielen Dank.

So bevor ich los mache, gehe ich noch schnell hoch in Jonnys Zimmer, gib Ihm die gute Nachricht und verabschiede mich dann von Ihm.

Und schon ist Nicklas Richtung Treppe auf dem Weg zu Jonnys Zimmer und klopft an.

Jonny ist nätürlich auch schon wach, hat geduscht und ist Angezogen.

Er hört das klopfen und geht zu Tür.

Jonny öffnet die Tür.

Nicklas geht hinein, schiebt Jonny ein Stück zurück, schließt die Tür hinter sich zu und gibt Jonny einen zärtlichen guten morgen Kuss.

Jonny errötet und sagt:

Hey, was ist wenn uns jemand sieht?

Nicklas errötet, lächelt und sagt:

Keine Sorge, die Tür ist zu.

Und außerdem hat deine Mutter schon bemerkt, das wir ein Paar sind und Sie ist einverstanden mit unserer Beziehung.

Ich habe mich gestern den ganzen Tag zurück gehalten und wenigstens heute Morgen wollte ich nicht ohne einen Kuss gehen.

Jonny lächelt, beugt sich nach vorne und erwidert den Kuss von Nicklas.

Dann sagt Jonny:

Ich weiß nicht, wie meine Mutter das bemerkt hat, aber ich bin echt froh, das Sie unsere Beziehung akzeptiert.

Ich wüsste nicht, was ich gemacht hätte, wenn dem nicht so wäre.

Es war auch für mich schwer mich gestern zurück zu halten und ich bin froh, das Du gekommen bist.

Sie geben sich beide noch eine zärtliche Umarmung und einen leidenschaftlichen Kuss.

Dann sagt Nicklas:

Ich muss jetzt los.

Wir holen alles bei mir nach.

Jetzt müssen wir es ja nicht mehr Verheimlichen.

Jonny daraufhin:

Nein, das müssen wir nicht und ich bin echt froh darüber.

Noch einmal mit viel Gefühl geben sich die beiden eine zärtliche Umarmung und einen leidenschaftlichen Kuss.

Dann geht Nicklas schweren Herzens aber mit einem glücklichen Gefühl aus Jonnys Zimmer raus, verabschiedet sich vom Rest der Familie und fährt nach Hause.

Auch Jonny geht runter um sich bei seiner Familie für den schönen Tag zu bedanken und zusätzlich bedankt Er sich bei seiner Mutter, das Sie es akzeptiert, das Nicklas jetzt der feste Freund von Jonny ist.

Auch Stella ist zufrieden damit, das Nicklas mit Ihr Freundschaft geschlossen hat und Sie ihn als normalen Kumpel behandeln kann.

Auch Stella hat erfahren, das Jonny mit Nicklas zusammen ist und dadurch kapiert, warum Sie bei Ihm abgeblitzt ist.

Ein paar Wochen vergehen und das Liebespaar trifft sich jetzt schon regelmäßig und Sie sind froh darüber, das Sie ihre Beziehung nicht mehr verheimlichen müssen.

Nicklas und Jonny unternehmen jetzt täglich was zusammen.

Sie gehen Schwimmen, Zelten und beide haben das Gefühl, das es Zeit ist den nächsten Schritt zu wagen.

Die beiden sind jetzt schon zwei Wochen zusammen und es steht das Wochenende vor der Tür.

Nicklas wagt den ersten Schritt und ruft Jonny an, damit Er ihn zu sich nach Hause einladen kann.

Als Jonny sein Handy klingeln hört und er sieht, das Nicklas sein Name da steht, geht Er sofort ran.

Jonny mit aufgeregter Stimme sagt:

Hallo Nicklas mein Freund.

Was gibt es?

Nicklas lächelt am Handy und antwortet beruhigend:

Jonny mein Freund.

Wir sind jetzt schon seid zwei Wochen zusammen.

Ich möchte gerne, das Du bei mir über Nachtest.

Ohne Dich kann ich es fast nicht mehr aus halten.

Ich liebe Dich.

Jonny beruhigt sich am Handy, fängt an zu lächeln und sagt:

Ich kann es auch kaum noch ohne Dich aus halten.

Und gerne komme ich dieses Wochenende zu Dir.

Geht das in Ordnung?

Ich liebe Dich auch.

Nicklas daraufhin:

Heute ist ja schon Freitag.

Okay, dann hole ich Dich morgen Früh ab.

Wir machen uns einen schönen Tag und dann nehme ich Dich mit zu mir.

Jonny errötet bei der Vorstellung und sagt:

Ja, so machen wir das.

Ich sage meiner Mutter Bescheid, das ich bei Dir schlafe.

Bis morgen früh, ich freue mich schon.

Ich liebe Dich.

Nicklas errötet auch und sagt daraufhin:

Ich liebe Dich auch Jonny.

Dieses Wochende werden wir für uns Unvergesslich machen.

Beide legen mit errötetem Gesicht und Freude auf das Wochende auf.

Jonny beruhigt sein schnell schlagendes Herz, damit sein rotes Gesicht verschwindet.

Danach geht Er runter und gibt seiner Mutter Bescheid, das er das Wochenende mit Nicklas verbringt und bei Ihm schläft.

Die Mutter lächelt und sagt:

Das geht schon in Ordnung, immerhin seid Ihr ein Paar.

Habt Spaß und seid Vorsichtig.

Jonny lächelt zurück und sagt:

Ja klar, wir sind immer Vorsichtig.

Jonny hat es schon im Gefühl, das dieses Wochenende ganz besonders wird und Er weiß, das wenn Nicklas mit ihm Intim werden will, er Ihn nicht zurückhalten wird.

Denn Jonny will ja auch die Beziehung vertiefen und Intim werden.

Jonny packt am Freitag alles zusammen, damit Er für das Wochenende gerüstet ist.

Auch Nicklas bereitet alles was wichtig ist um jemand zu Verführen in seine Wohnung vor, damit auch Er für das Wochende gerüstet ist.

Nicklas hat es auch im Gefühl, das dieses Wochenende ganz besonders wird und Er weiß, das wenn Jonny ihn nicht zurückhält, dann wird Nicklas mit ihm Intim werden.

Denn auch Nicklas will die Beziehung vertiefen, indem Er mit Jonny Intim wird.

Nicklas und Jonny lieben sich so sehr, das beide den nächsten Schritt wagen werden und so noch besser zeigen können, das Sie zu einander gehören.

Beiden wird nach diesem Wochenende klar, das Sie für immer zusammen gehören und sich aufrichtig Lieben.

Glücklich und Zufrieden gehen beide an diesem Freitag mit einem lächeln auf den Lippen und in Vorfreude auf das Wochenende schlafen.

Kapitel Neun: Zärtliche Leidenschaft, Zusammenzug von Nicklas & Jonny

Ein neuer Tag bricht an und Nicklas wie auch Jonny gehen Duschen und ziehen sich an.

Beide haben es im Gefühl, das dieses Wochenende total Romantisch und Intensiv wird.

Jonny hat seine Sachen fertig gepackt und wartet jetzt auf seinen Freund Nicklas.

Nicklas ist auch schon mit den Vorbereitungen in seiner Wohnung fertig und macht sich auf dem Weg zu seinem Freund Jonny, um Ihn ab zu holen, mit Ihm einen schönen Tag zu verbringen und danach Jonny mit sich nach Hause zu nehmen.

Jonny geht vor die Tür und wartet schon ganz Aufgeregt und Nervös auf Nicklas.

Nicklas steigt auf sein Motorrad, setzt den Helm auf und fährt zu Jonny.

Stella wünscht vom weiten auch noch einen schönen Tag zu Jonny.

Jonny bedankt sich bei seiner Schwester und wartet weiter auf Nicklas.

Zu Jonnys Freude kommt in dem Moment schon Nicklas um die Ecke gefahren und hält neben Jonny an.

Nicklas schaltet das Motorrad aus, setzt den Helm ab und begrüßt seinen Freund mit einen Kuss.

Denn jetzt können Sie es ja öffentlich machen, da jeder weiß, das die beiden zusammen sind.

Jonny erwidert den Kuss von seinem Freund Nicklas.

Nicklas lächelt und sagt:

Los komm, steig auf.

Wir machen uns jetzt einen schönen Tag und dann kommst Du mit zu mir

Jonny lächelt zurück und sagt:

Ja, ich komme.

Los machen wir uns einen schönen Tag und dann geht es zu Dir.

Beide setzen mit einem lächeln auf den Lippen und Vorfreude auf das Wochende den Helm auf und Nicklas startet sein Motorrad.

Jonny legt seine Hände wieder um Nicklas seinen Bauch, verschränkt seine Finger und legt sein Kopf an Nicklas sein Rücken.

Und schon startet Nickklas das Motorrad und die beiden fahren zusammen los.

Nicklas und Jonny verbringen einen sehr schönen Tag am Strand.

Sie küssen und berühren sich auf sanfte Weise.

Dann als es zum Abend hin geht und es an fängt zu dämmern, wissen beide, das es Zeit ist sich auf dem Weg zu machen:

Nicklas nimmt zärtlich Jonny seine Hand und sagt:

Es ist schon spät.

Los komm, wir fahren zu mir.

Jonny nimmt die Hand von Nicklas zärtlich entgegen und sagt:

Ja, wie schnell die Zeit vergeht.

Okay, komm machen wir uns auf dem Weg zu Dir.

Beide gehen sie Händchen haltend zum Motorrad, steigen beide auf, setzen den Helm auf und fahren zu Nicklas seine Wohnung.

Bei der Wohnung von Nicklas angekommen, schaltet Er das Motorrad ab, die beiden setzen den Helm ab und steigen vom Motorrad runter.

Nicklas legt von rechts seinen Arm um Jonnys Körper,-zieht ihn zu sich ran und nimmt Ihn mit rein in die Wohnung.

Jonny genießt diese Nähe und legt auch seinen Arm um Nicklas und folgt Ihm wortlos in die Wohnung.

In der Wohnung angekommen, dreht Nicklas seinen Freund zu sich und gibt Ihm einen zärtlichen Kuss.

Dann sagt Nicklas:

Ich liebe Dich über alles Jonny und ich würde gerne, wenn Du es auch willst mit Dir schlafen.

Jonny erwiedert den Kuss von Nicklas und streicht kurz durch Nicklas seine Haare.

Durch die zärtlichen Worte von Nicklas angespornt sagt Jonny:

Ich liebe Dich auch über alles und ich möchte auch gerne die Beziehung vertiefen und mit Dir schlafen.

Nicklas und Jonny haben wieder diesen verlangenden Blick in den Augen und Sie wissen genau, das es heute keinen Grund mehr gibt sich zurück zu halten.

Nicklas fängt Vorsichtig und Zärtlich mit viel Gefühl an mit seiner Hand über Jonnys Körper zu gleiten, während Er ihn Küsst.

Auch Jonny fängt Vorsichtig und Zärtlich mit viel Gefühl an über Nicklas seinen Körper zu gleiten, während Er den Kuss erwidert.

Ihre Atem werden schneller.

Vorsichtig und mit viel Gefühl ziehen sich Nicklas und Jonny gegenseitig die Oberteile aus, so das der Oberkörper jetzt nackt ist.

Sie streicheln und Küssen sich weiter, die Stimmung wird Erregter, die Atmung der beiden wird schneller und die Bewegungen verlangender.

Beide sind Erregt, stoßen einen verlangenden Seufzer aus, berühren sich gegenseitig Zärtlich und Verlangend gegenseitig mit den Händen an die Körper.

Nicklas knabbert zärtlich an Jonnys Ohr und sagt:
Du bist so sexy und ich liebe Dich über alles.
Diese Nacht wird für uns beide besonders werden.
Jonny stöhnt in Nicklas Ohr, knabbert daran und sagt:
Du bist auch so sexy und ich liebe Dich über alles.
Ich kann es kaum abwarten.
Jetzt sei still und mach weiter.

Nicklas lächelt und Gleitet mit seiner Hand in Richtung der Hose von Jonny und fängt an ihn Verlangend an seinem Glied zu streicheln.
Jonny stöhnt auf vor Verlangen und Erregung.
Gleitet im Gegenzug dazu mit seiner Hand in Richtung der Hose von Nicklas und fängt auch an Verlangend an Nicklas sein Glied zu streicheln.
Nicklas stöhnt auf.
Die beiden Küssen und Streicheln sich gegenseitig und Stöhnen dabei vor Verlangen und Erregung.
Nicklas und Jonny nehmen ein bisschen Abstand zu einander um sich gegenseitig die Hosen zu öffnen und sich gegenseitig aus zu ziehen.
Sie wollen ihrem Verlangen, ihrer Erregung freien Lauf lassen und sich Ihren Gefühlen zu einander hin geben.
Nun stehen beide ganz nackt da und Sie nähern sich wieder.
Umarmen sich Leidenschaftlich, Küssen sich Zärtlich und berühren sich Begierig.
Durch diese Zärtlichkeiten und das Verlangen nach mehr, beginnen die beiden Glieder von Jonny und Nicklas steif zu werden.
Ihre beiden steifen Glieder berühren sich jetzt und die Küsse werden Intensiver, der Atem wird schneller, die Bewegungen werden noch Verlangender und Nicklas und Jonny reiben ihre Körper an einander und werden beide immer Erregter und auch Feucht.
Jonny zieht mit Stöhnen Nicklas noch näher heran und gibt Ihm einen Zungenkuss.
Nicklas erwidert den Kuss und fährt mit seiner linken Hand zu Jonny seinen Po und steckt seinen Finger von der linken Hand vorsichtig und Zärtlich in den Po hinein.
Jonny stöhnt auf, da Nicklas genau den richtigen Punkt erwischt, zieht Er sich noch näher an Nicklas heran und knabbert Ihn Verlangend und Erregt am Ohr.
Nicklas führt Jonny rückwärts Richtung Bett, während Er immer noch den richtigen Punkt beibehält, Jonny damit noch mehr Erregt und Ihm einem verlangenden Zungenkuss gibt.
Jonny lässt sich Verlangend und Erregt Richtung Bett führen und legt sich hin.
Er zieht Nicklas Verlangend mit sich und knabbert zärtlich an sein Ohr.
Dann fährt auch Jonny mit seiner Hand zwischen Nicklas seine Beine und streichelt Zärtlich und Verlangend das Glied von Nicklas.
Nicklas stöhnt vor Verlangen und Erregung auf, nimmt die Finger von der linken Hand aus Jonny seinem Po, dreht Ihn um und legt die beiden Hände von Jonny gefühlvoll über Jonnys Kopf auf das Kissen.
Jonny liegt jetzt mit die Arme über den Kopf auf das Kissen.
Dem Rücken zu Nicklas und der Po ist in der Luft auf das Bett.

Beide Atmen heftig und Stöhnen vor Verlangen und Erregung.

Nicklas steckt die Finger von der linken Hand wieder rein in den Po, erwischt wieder den richtigen Punkt und berührt erst mit den Fingern den richtigen Punkt in Jonny seinen Po und Erregt Ihn so noch mehr.

Beide stöhnen Erregt auf und Atmen heftig vor Verlangen.

Jonny ist sichtlich Erregt und die Bewegungen sind Verlangend danach Verkehr zu haben.

Nicklas sichtlich Erregt lässt Jonnys Hände los und spielt mit den Fingern von der rechten Hand zärtlich an das Glied von Jonny.

Die Bewegungen von Nicklas sind auch Verlangend danach Verkehr zu haben.

Jonny lässt natürlich durch die Erregung und das Verlangen seine Arme über den Kopf und er weiß, das die Erregung jetzt soweit ist, das Er bereit für Nicklas ist.

Nicklas merkt das die Erregung und das Verlangen so weit ist und Er nimmt die Finger von der linken Hand aus Jonny seinem Po und steckt mit viel Gefühl und beidseitigem Stöhnen sein Glied hinein.

Während Er weiterhin mit den Fingern der linken Hand zärtlich Jonnys Glied streichelt und zärtlich Jonny seinen Namen ruft, stößt Nicklas sein Glied tiefer hinein.

Nun ruft auch Jonny zärtlich den Namen von Nicklas und stöhnt vor Verlangen und Erregung auf..

Die Atem und die Bewegungen der beiden werden schneller und Intensiver.

Beide stöhnen vor Verlangen und Erregung.

Nicklas und Jonny geben sich Ihren Verlangenden und Erregten Gefühlen hin und die Zärtlichen, schnellen Bewegungen sorgen dafür, das beide mit einem erfüllten Stöhnen kommen.

Beide liegen neben einander, umarmen sich Zärtlich und Küssen sich leidenschaftlich nach diesem Glücks erfüllten Moment und diesem befriedigtem Akt.

Mit einem lächeln auf dem Lippen schauen sich Nicklas und Jonny zufrieden an, streicheln sich noch Zärtlich und Zufrieden gegenseitig über ihre Körper.

Jonny schaut Nicklas in die Augen und sagt:

Das war echt super schön.

Hätte nicht gedacht, das es so Geil wird.

Ich liebe Dich über alles Nicklas.

Nicklas schaut Jonny in die Augen, streichelt zärtlich sein Gesicht und sagt:

Ja, das war echt phantastisch.

Hätte auch nicht gedacht, das es so Geil wird.

Ich liebe Dich auch über alles Jonny.

Und wenn Du mich weiter so süß anschaust, dann Vernasche ich Dich noch mal.

Jonny lächelt und sagt anspornend zu Nicklas:

Nur zu.

Du brauchst Dich nicht zurück zu halten.

Ich habe immer noch Ausdauer und Lust dazu.

Nicklas lächelt zurück und sagt angespornt zu Jonny:

Okay, ich habe auch noch Ausdauer und Lust dazu.

Ich werde es Dir jetzt so gut besorgen, das Du hinterher aus gepowert bist.

Jonny lächelt erregt und sagt zu Nicklas:

Na dann los komm.

Ich werde mich jetzt auch nicht mehr zurückhalten und es so lange mit Dir treiben, bis wir beide aus gepowert sind.

Schon nähert sich Nicklas wieder an Jonny heran und beginnt Zärtlich Ihn zu Küssen und an seinen Glied zu streicheln.

Jonny stöhnt Erregt auf, rückt näher an Nicklas heran, erwidert den zärtlichen Kuss und beginnt auch damit an Nicklas sein Glied zu streicheln.

Beide liegen eng Umschlungen an einander Küssen sich zärtlich und Berühren sich Leidenschaftlich.

Sie reiben Ihre Glieder an einander und Stöhnen dabei auf.

Mit viel Gefühl, Leidenschaft, Zärtlichkeit und Liebe wiederholen Sie mehrmals den Geschlechtsverkehr.

Nicklas und Jonny haben Ihren Gefühlen, ihrer Erregung und ihren Verlangen die ganze Nacht lang freien Lauf gelassen.

Nach einer Dusche gehen beide zusammen und Zufrieden wieder ins Bett.

Ruhig Atmend und Erschöpft liegen Sie neben einander und schlafen befriedigt und Glücklich zusammen ein.

Ein neuer Tag bricht an und das junge Paar steht auf, begrüßt sich gegenseitig mit einer leidenschaftlichen Umarmung und einem zärtlichen Kuss.

Nicklas und Jonny gehen Duschen, ziehen sich an und machen gemeinsam Frühstück.

Glücklich, Zufrieden und noch etwas Erschöpft von der letzten Nacht, schauen sich Nicklas und Jonny beim Frühstücken verliebt in die Augen.

Nicklas lächelt und sagt:

Das war wirklich eine schöne Nacht und ich liebe Dich wirklich über alles Jonny.

Freue mich jetzt schon darauf, noch mehr Zeit mit Dir zu verbringen und das zu wieder holen.

Jonny lächelt zurück und sagt:

Ja das war wirklich eine schöne Nacht und ich liebe Dich auch über alles Nicklas.

Ich freue mich auch darauf, das wir jetzt noch mehr Zeit miteinander verbringen können.

Die letzte Nacht war echt der Hammer und das können wir gerne jeder Zeit wieder holen.

Nicklas will Jonny noch näher bei sich haben und Er nimmt seinen Mut zusammen um Ihn zu fragen, ob Er mit Ihm zusammen Ziehen und zusammen Leben will.

Nicklas schaut Jonny verlegen an, lächelt und sagt:

Jonny mein Freund, ich würde Dich gerne fragen, ob Du zu mir ziehen möchtest?

Ich liebe Dich wirklich über alles und ich würde mich freuen, wenn wir zusammen Leben würden und Du zu mir ziehst.

Jonny will auch Nicklas näher kommen und Er freut sich, das Nicklas mit Ihm zusammen Ziehen und mit Ihm leben will.

Jonny schaut verlegen zurück und sagt:

Nicklas, ich freue mich wirklich, das Du mit mir Leben willst mein Freund.

Ich liebe Dich auch über alles und ziehe gerne zu Dir.

Du hilfst mir doch bei dem Umzug?

Ich werde natürlich auch meiner Familie Bescheid geben, das ich zu Dir ziehe und das ich zukünftig dann mit Dir lebe.

Nicklas lächelt, freut sich über die Antwort und sagt:

Ich bin wirklich froh darüber, das Du zu mir ziehst und mit mir zusammen Leben möchtest.

Natürlich helfe ich Dir bei dem Umzug.

Deine Familie wird sich auch freuen, das wir zusammen ziehen.

Beide sind so Glücklich darüber das Sie jetzt zusammen ziehen, denn Sie lieben sich wirklich über alles und wollen zusammen Leben.

Dieser glückliche Moment wird noch mal mit einer leidenschaftlichen Umarmung und einem zärtlichen Kuss vertieft.

Nach dem Frühstück verbringen Nicklas und Jonny einen schönen Tag.

Jonny ruft seine Mutter an und gibt Ihr Bescheid, das sie gegen Mittag vorbei kommen.

Die Mutter freut sich, das die beiden vorbei kommen und bereitet dem entsprechend was zu Essen zu.

Zur Mittagsstunde fährt Nicklas mit seinem Freund Jonny zur Familie von Jonny, damit Jonny seine Familie darüber Informieren kann, das Er aus zieht und zukünftig mit Nicklas zusammen lebt.

An der Wohnung angekommen, steigen Nicklas und Jonny vom Motorrad ab, setzen den Helm ab und gehen gemeinsam Richtung Tür.

Händchenhaltend und lächelnd an der Tür angekommen, klingelt Jonny.

Die Mutter hat von weiten gesehen, das Jonny kommt, sie öffnet die Tür und sagt:

Hallo Jonny mein Junge, komm doch rein.

Das Mittagessen ist gerade fertig geworden.

Nicklas Du kannst auch mit rein kommen.

Jonny lächelt und sagt:

Danke Mutter.

Nach dem Essen muss ich etwas mit Dir besprechen.

Nicklas lächelt auch und sagt:

Vielen Dank.

Wir haben nach dem Essen Neuigkeiten für Dich.

Die Mutter lächelt zurück und sagt daraufhin:

Okay, kann es kaum erwarten die Neuigkeiten zu hören.

Jetzt kommt erst mal Essen, sonst wird es noch kalt.

Glücklich, Zufrieden und Händchenhaltend gehen Nicklas und Jonny in das Esszimmer.

Jetzt sitzt die ganze Familie am Tisch, essen Gemütlich, Fröhlich zusammen und haben Spaß daran sich zu erzählen wie das Wochenende war.

Natürlich lassen Nicklas und Jonny die Details über das Intime weg und erzählen nur darüber, das sie Zelten waren und auch einen schönen Tag am Strand hatten.

Das Essen ist vorüber.

Nicklas hilft beim Abräumen und Jonny macht den Abwasch.

Die Mutter freut sich, das die beiden sich so gut verstehen, ein Liebespaar sind und auch so Fleißig mit helfen.

Es ist alles fertig und die Mutter fragt Neugierig:

Und was sind das für Neuigkeiten, die Ihr für mich habt?

Ich hoffe doch, das Ihr kein Blödsinn gemacht habt?

Nicklas und Jonny lächeln sich gegenseitig an.

Dann schaut Jonny zu seiner Mutter und sagt lächelnd:

Nein, wir haben nichts angestellt.

Im Gegenteil, es ist so, das Nicklas mich gefragt hat ob ich zu Ihm ziehe.

Ich habe dem zugestimmt, denn ich will wirklich mit Ihm zusammen Leben.

Die Mutter lächelt, dreht sich zu Nicklas und fragt:

Ist das wahr ?

Nicklas lächelt und sagt:

Ja, wir haben wirklich nichts angestellt.

Ich habe Jonny gebeten zu mir zu ziehen.

Jonny liebt mich und das beruht auf Gegenseitigkeit.

Ich will wirklich mit Jonny zusammen leben.

Die Mutter lächelt, gibt beiden eine Umarmung und sagt:

Das freut mich wirklich für euch beide.

Ich bin wirklich froh darüber zu hören, das Ihr jetzt den nächsten Schritt wagt und zusammen zieht.

Freue mich wirklich darüber und wünsche euch viel Glück und Spaß dabei, wenn Ihr zusammen lebt.

Aber kommt uns doch zwischendurch mal Besuchen ja?

Jonny und Nicklas lächeln und Antworten fast gleichzeitig:

Ja, das machen wir.

Keine Sorge, wir werden Dich nicht vergessen.

Wir bleiben weiterhin in Kontakt und kommen euch regelmäßig Besuchen.

Die Mutter ist Glücklich darüber, das Jonny jetzt so fest mit Nicklas zusammen ist und das die beiden es wirklich ernst meinen um zusammen zu Ziehen und zusammen zu Leben.

Nicklas und Jonnys Mutter helfen dabei, das Zimmer von Jonny aus zu räumen.

Nach und nach werden die Sachen von Jonny zu Nicklas seiner Wohnung gefahren und dort wieder ausgepackt.

Nach ein paar Stunden ist alles fertig.

Nicklas und Jonny essen noch gemeinsam Abendbrot mit Jonnys Familie.

Es ist alles auf gegessen, Nicklas räumt wieder ab und Jonny macht den Abwasch.

Nachdem alles fertig ist, wird es langsam Zeit sich von der Familie zu Verabschieden. Da es aber kein Abschied auf ewig ist, sind alle Glücklich und Zufrieden über diese Situation.

Jonny umarmt seine Mutter und sagt:

Danke für alles.

Ich habe Dich sehr lieb und werde Dich besuchen kommen.

Die Mutter erwidert die Umarmung und sagt:

Schon gut Jonny.

Ich freue mich, das Du glücklich bist.

Wünsche euch wirklich nur das beste.

Dann dreht sich Jonny zu seiner Schwester, umarmt Sie und sagt:

Stella, auch Dir danke für alles.

Auch wenn wir Meinungsverschiedenheiten hatten, habe das nicht so gemeint.

Werde Dich vermissen.

Stella erwidert die Umarmung, lächelt und sagt:

Komm schon Jonny, das ist ja kein Abschied für immer.

Ich freue mich, das Du glücklich bist und weiß, das Du es nie so gemeint hast.

So sind Geschwister halt, ohne Streit wäre ja Langweilig.

Wünsche euch auch alles Gute und viel Glück.

Jonny entlässt seine Schwester aus der Umarmung und sagtzu seiner Familie:

Ich danke euch von ganzem Herzen.

Bin wirklich froh, das Ihr unsere Beziehung akzeptiert.

Es kann keine bessere Familie geben.

Ich habe euch Lieb.

Die Mutter dreht sich zu Nicklas, reicht Ihm die Hand und sagt:

Pass gut auf Jonny auf Nicklas.

Ich wünsche euch wirklich viel Glück.

Nicklas ergreift die Hand und sagt:

Ja, ich werde mich gut um Jonny kümmern und Jonny sich auch um mich.

Ich danke euch von ganzem Herzen.

Auch Stella reicht Nicklas die Hand und sagt:

Pass gut auf meinen Bruder auf Nicklas.

Sei Nett und Gut zu Ihm.

Wenn ich was anderes hören sollte, dann würde ich Dir das nie Verzeihen.

Nicklas greift nach der Hand von Stella und sagt:

Nein, keine Sorge.

Ich werde immer Nett und Gut zu Jonny sein und Ihn nie Enttäuschen.

Ich bin froh das wir Freunde geworden sind Stella.

Nicklas lässt die Hand von Stella los.

Die Familie gibt Jonny noch mal eine liebevolle Umarmung.

Jonny nimmt die Hand von Nicklas, sie Umarmen sich Leidenschaftlich und Küssen sich Zärtlich.

Danach gehen sie zusammen aus der Tür zum Motorrad, steigen auf, fahren Glücklich und mit einem lächeln auf den Lippen zu Nicklas seine Wohnung.

Bei der Wohnung von Nicklas angekommen, schaltet Nicklas die Maschine aus.
Beide setzen den Helm ab, steigen vom Motorrad runter und gehen eng umschlungen zusammen in die Wohnung.

In der Wohnung angekommen, freuen sich beide, das es niemanden mehr gibt, der sie jetzt bei Ihren täglichen, Zärtlichen und Gefühlvollen Liebes spielen stört.

Glücklich, Zufrieden und Erregt darüber verbringen Nicklas und Jonny eine Heiße und Verlangende Nacht.

Es ist Sonntag morgen, Nicklas und Jonny gehen nach einander Duschen, ziehen sich an und essen gemeinsam Frühstück.

Sie genießen beide den heutigen Tag, denn ab morgen geht die Uni wieder los und in zwei Wochen sind Semester Prüfungen.

Nicklas lächelt zu Jonny und sagt:

Das war wieder eine schöne Nacht.

Morgen müssen wir wieder zur Universität und für die Prüfungen lernen.

Wir können ja zusammen lernen.

Wenn wir beide bestehen, dann habe ich noch eine Überraschung für Dich.

Jonny lächelt zurück und sagt:

Ja die Nacht war wieder schön.

Stimmt, ab morgen müssen wir wieder für die Prüfungen lernen, aber das schaffen wir schon.

Wir machen das zusammen, dann ist das viel schöner.

Was für eine Überraschung?

Nicklas lächelt, gibt Jonny einen Kuss und sagt:

Wenn ich Dir das jetzt Verrate, dann ist es ja keine Überraschung mehr.

Strengen wir uns an um die Prüfungen zu bestehen, dann erfährst Du es.

Nicklas will Jonny jetzt noch nicht verraten, das Er vor hat nach bestandener Prüfung, Jonny einen Heiratsantrag zu machen.

Jonny lächelt, gibt Nicklas auch einen Kuss und sagt:

Okay, dann lass ich mich mal von Dir Überraschen.

Ja, strengen wir uns an um die Prüfung zu bestehen, denn ich kann kaum erwarten zu Erfahren, was die Überraschung ist.

Sie geben sich beide eine leidenschaftliche Umarmung und einen zärtlichen Kuss.
Der nächste Tag bricht an.

Nicklas und Jonny machen sich zusammen auf dem Weg zur Universität und strengen sich an für die Prüfungen.

Sie wollen beide nicht, das die Studenten die letzten zwei Wochen heraus finden, das Sie ein Paar sind.

Dementsprechend verlegen Sie ihre Zärtlichkeiten auf nach dem Unterricht oder sie genießen jeden Moment, an dem Sie in der Uni ungestört sind, damit sich leidenschaftlich zu Umarmen und zärtlich zu Küssen, denn Sie haben einen geheimen Platz gefunden wo es niemand sieht.

Nicklas und Jonny haben es innerhalb der zwei Wochen geschafft, das niemanden auffällt, das die beiden zusammen und ein Paar sind.

Einen Tag vor der Prüfung hatte Nicklas sein Freund Jonny gebeten bei seiner Familie zu Übernachten, damit Er die Überraschung vorbereiten kann.

Jonny war damit einverstanden, denn Er vertraut Nicklas und liebt Ihn.

Der Tag der Prüfung steht vor der Tür und die beiden wünschen sich gegenseitig Glück und Erfolg.

Natürlich muss jeder einzeln seine Prüfung ab legen, damit keiner Schummeln kann.

Es ist noch eine halbe Stunde Zeit bis zur Prüfung.

Nicklas und Jonny treffen sich noch mal vor der Prüfung an Ihren geheimen Platz.

Nicklas streichelt zärtlich über Jonnys Gesicht, gibt Ihm einen Kuss und sagt:

So heute geben wir uns beide Mühe.

Wenn wir die Prüfung bestanden haben, dann geht es nach Hause und Du bekommst deine Überraschung.

Ich liebe Dich.

Jonny streichelt zärtlich durch Nicklas Haare und sagt:

Ja, wir werden uns Mühe geben und beide die Prüfung bestehen.

Bin jetzt schon Neugierig auf die Überraschung.

Ich liebe Dich auch.

Beide umarmen sich noch mal Leidenschaftlich und Küssen sich Zärtlich.

Dann lassen Sie von einander ab und gehen nach einander zur Prüfung.

Es dauert eine Stunde bis die Prüfungen vorbei sind.

Zum Glück des jungen Paares, haben Nicklas sowie auch Jonny die Prüfung bestanden.

Beide treffen sich nach der bestandenden Prüfung am Eingang zur Universität.

Nicklas lächelt Jonny an und sagt:

Na mein Freund.

Wie sieht es aus, hast Du deine Prüfung bestanden?

Jonny lächelt zurück und sagt:

Ja, ich habe meine Prüfung bestanden.

Was ist mit Dir?

Nicklas grinst und sagt:

Ja, ich habe auch meine Prüfung bestanden.

Komm steig auf, wir fahren nach Hause.

Jetzt kommt noch eine Überraschung sobald wir da sind.

Jonny und Nicklas haben auch gleich nach bestandener Prüfung eine Arbeitsstelle gefunden.

Sie Arbeiten beide Fleißig und verdienen beide gutes Geld.

Nicklas hat den Tag, an dem Jonny bei seiner Familie Übernachtet hat ausgenutzt um einen Ring zu kaufen, die Wohnung mit Kerzen zu verschönern und ein Essen vor zu bereiten um so eine Romantische Atmosphäre zu schaffen.

Jonny grinst, steigt auf das Motorrad und sagt:
Okay, ich freu mich schon.
Bin schon ganz Neugierig was es ist.

Beide setzen den Helm auf, Nicklas startet das Motorrad und Sie fahren zusammen mit einem lächeln auf den Lippen zu sich nach Hause.

Letztes Kapitel, Kapitel Zehn: Die Hochzeit und das ewige Glück.

Nicklas und Jonny kommen zusammen bei sich zu Hause an.
Nicklas schaltet das Motorrad aus, beide setzen den Helm ab und steigen vom Motorrad runter.
Jonny staunt nicht schlecht, als Nicklas Ihn davon ab hält weiter zu gehen.
Jonny lächelt und sagt:
Ich bin schon neugierig auf meine Überraschung.
Was ist los Nicklas, warum gehen wir nicht weiter?
Nicklas lächelt und sagt:
Warte kurz.
Ich will die Überraschung für Dich noch spannender machen.

Dann nimmt Nicklas ein schwarzes Seidentuch aus seiner Tasche und Verbindet damit Jonny seine Augen.
Da diese Aufregung und Spannung so schön ist und es auch Jonny Erregt, lässt er sich das Tuch um binden.
Dann sagt Nicklas zärtlich und flüsternd in Jonnys Ohr:
Ich werde Dich führen.
Vertraue mir einfach und lass Dich von mir leiten.
Jonny schmiegt sich an Nicklas und sagt:
Okay, ich lass mich von Dir führen.
Bring mich wohin Du willst.
Ich werde Dir folgen.

Erregt und in Vorfreude darauf was kommt führt Nicklas Zärtlich und Gefühlvoll Jonny hoch in die Wohnung und rein in das Esszimmer.
Mit Spannung, Erregung und Vorfreude auf das was kommt, lässt Jonny sich von Nicklas führen, während Er seinen Körper noch näher an Nicklas heran schmiegt.
Im Esszimmer lässt Nicklas seinen Freund los und nimmt Ihm die Augenbinde ab.
Jonny traut seinen Augen nicht, als Er das Zimmer sieht und sagt:
Nicklas, das ist Wunder schön.
Hast Du das alles Vorbereitet?
Ich bin so Glücklich.
Das sieht alles so schön Romantisch aus.
Ich Liebe Dich.

Nicklas lächelt, kniet sich vor Jonny nieder, hält Ihm den Ring hin und sagt:

Jonny mein Liebster, wir sind jetzt schon so lange zusammen.

Ich liebe Dich über alles und will für immer mit Dir zusammen sein.

Willst Du mich Heiraten?

Jonny strahlt über beide Ohren, nimmt den Ring an, setzt Ihn auf und sagt:

Nicklas mein Liebster, ich liebe Dich auch über alles und will auch mit Dir für immer zusammen sein.

Ich bin Überglücklich, das Du mir einen Antrag machst.

Ja ich will Dich Heiraten.

Nicklas steht auf geht näher an Jonny heran und zwar so nah, das die beiden sich jetzt zärtlich Umarmen und leidenschaftlich Küssen können.

Nach diesem beidseitigen Ja Wort genießen Nicklas und Jonny das Romantische Abend essen und schauen sich Verliebt in die Augen.

Nach dem Abend essen verbringen Nicklas und Jonny eine lange Romantische und heiße Nacht.

Der nächste Tag bricht an und die beiden gehen sich Duschen, ziehen sich an und Essen zusammen Frühstück.

Jonny ruft bei seiner Familie an und gibt Bescheid, das Er zusammen mit Nicklas zum Mittag vorbei kommt.

Nach dem Telefonat kümmert sich Nicklas mit Jonny um die Hochzeitsvorbereitungen und danach fährt Nicklas seinen Freund Jonny zu seiner Familie, um Sie über diese Neuigkeiten zu Informieren.

Bei der Wohnung von Jonnys Familie angekommen, schaltet Nicklas das Motorrad aus, beide setzen den Helm ab, steigen vom Motorrad runter und gehen gemeinsam zur Tür und klingeln.

Die Mutter öffnet lächelnd die Tür und sagt:

Kommt rein Ihr beiden.

Wir haben schon auf euch gewartet.

Das Essen ist auch schon fertig.

Jonny lächelt, nimmt Nicklas an der Hand und sagt:

Okay, gehen wir erst mal Essen.

Danach haben wir schöne Neuigkeiten und eine Überraschung.

Nicklas erwidert den Griff von Jonny und sagt:

Ja, gehen wir erst mal rein.

Freue mich wirklich schon auf das Essen.

Letztes mal war es auch so lecker.

Und nach dem Essen gibt es wirklich eine schöne Neuigkeit und eine Überraschung.

Nicklas und Jonny haben sich fest vorgenommen, das sie Jonnys Familie zu der Hochzeit einladen werden.

Denn die Familie von Jonny war von Anfang an für die Beziehung und ist den beiden immer zur Seite gestanden.

Die Familie hat gemeinsam und zusammen zu Mittag gegessen.

Das essen hat wieder gut geschmeckt.

Nicklas räumt wieder ab und Jonny macht den Abwasch.

Nachdem alles fertig ist, gehen Nicklas und Jonny Händchenhaltend und lächelnd zu der Familie von Jonny in das Wohnzimmer.

Nicklas lächelt, sagt zu Jonnys Mutter und zu Stella:

Hört zu.

Jonny und Ich wir sind jetzt schon so lange zusammen.

Ich habe Jonny einen Heiratsantrag gemacht.

Jonny hat schon Ja gesagt, was mich über Glücklich macht.

Nun bitte ich noch um euren Segen.

Wir wollen euch zu unserer Hochzeit gerne Einladen und freuen uns, wenn Ihr kommen würdet.

Jonnys Mutter lächelt und sagt zu Jonny und Nicklas:

Ist das war Jonny?

Ich freue mich wirklich für euch und bin so Glücklich.

Gerne nehmen wir die Einladung zu eurer Hochzeit an und kommen auch.

Nicklas natürlich gebe Ich euch meinen Segen, schließlich gehörst Du schon zur Familie.

Jonny lächelt und sagt daraufhin:

Ja, mein geliebter Nicklas hat mir einen Antrag gemacht.

Weil ich so Glücklich darüber bin, habe ich Ja gesagt, denn ich will auch für immer mit Nicklas zusammen sein.

Ich bin froh darüber, das wir euren Segen bekommen.

Stella freut sich auch für die beiden und sagt:

Glückwunsch euch beiden.

Ich bin wirklich froh zu sehen, das Ihr beide jetzt Heiratet.

Wann ist die Hochzeit?

Nicklas und Jonny lächeln und sagen:

Wir sind noch bei den Vorbereitungen.

Die Hochzeit findet in einem Monat statt.

Wir freuen uns schon darauf, das Ihr kommt.

Zufrieden und Glücklich über diese Neuigkeiten lässt sich die ganze Familie es sich nicht nehmen, sich liebevoll und voller Vorfreude auf die Hochzeit zu Umarmen.

Nachdem sie sich gegenseitig Beglückwünscht und Umarmt hatten, fuhren Nicklas und Jonny wieder zusammen zu sich nach Hause um mit den Vorbereitungen für die Hochzeit zu beginnen.

Bei sich zu Hause angekommen, haben Nicklas und Jonny eine Romantische und heiße Nacht zusammen verbracht.

Die nächsten Tage und Wochen werden dazu genutzt um Blumen zu bestellen, Anzüge zu Besorge einen Platz in der Kirche zu reservieren und eine Hochzeitstorte zu bestellen.

Vier Tage vor der Hochzeit sind beide ziemlich kaputt und gönnen sich heute eine Zärtliche, Heiße und Intime Auszeit.

Nicklas räumt den Tisch ab und macht den Abwasch, bevor Er zu Jonny hoch in das Schlafzimmer geht.

Jonny sitzt oben im Schlafzimmer am Schreibtisch und macht noch die restlichen Einladungen fertig.

Erschöpft und fertig von den ganzen Vorbereitungen, legt sich Jonny zurück in den Stuhl.

Nicklas ist fertig mit der Abwäsche und auch Er ist erschöpft von den ganzen Vorbereitungen für die Hochzeit.

Beide wollen sich heute einen schönen Tag machen und die Vorbereitungen für die Hochzeit außen vor lassen.

Nicklas geht hoch in das Schlafzimmer, sieht seinen erschöpften Freuen, geht näher an Ihn heran und beginnt damit Jonnys Schultern zu Massieren.

Dann sagt Nicklas:

Komm mein süßer.

Wir gönnen uns heute mal eine Pause und machen uns einen schönen Tag.

Jonny lehnt seinen Kopf zurück und sagt:

Ja.

Nicklas mein geliebter, die Pause wird uns gut tun.

Machen wir uns einen schönen Tag und nehmen mal Zeit für uns.

Nicklas streichelt mit der rechten Hand von Jonnys Schulter über Jonnys Oberkörper, beugt sich nach vorne und knabbert zärtlich an Jonnys Ohr.

Dann sagt Nicklas:

Ich liebe Dich Jonny.

Lass uns den heutigen Tag nutzen, um uns gegenseitig zu Verwöhnen.

Jonny stöhnt auf, rückt noch näher heran an Nicklas und sagt:

Ich liebe Dich auch Nicklas.

Ja, lass uns den heutigen Tag nutzen, um uns gegenseitig zu Verwöhnen.

Jonny fährt mit seiner Hand durch Nicklas seine Haare, zieht Ihn zu sich und knabbert Ihn Begierig und Verlangend am Ohr.

Nicklas stöhnt auf, fährt mit seiner zu Jonnys Glied, streichelt es zärtlich und Begierig, während er Jonny verlangen am Hals Küsst.

Jonny stöhnt auf durch die Zärtlichen Berührungen von Nicklas.

Er zieht sich an Nicklas seinen Körper hoch, dreht sich um und streichelt dann mit seiner Hand zärtlich an Nicklas sein Glied.

Beide sind Erregt, Atmen heftig vor Verlangen und ziehen sich gegenseitig aus.

Nicklas und Jonny Streicheln sich Begierig, Umarmen sich zärtlich, Küssen sich leidenschaftlich.

Mehrere male Stöhnen sie auf und kommen zusammen, haben einen Orgasmus.

Sie geben sich Ihren liebevollen Zärtlichkeiten, ihren verlangenden Berührungen, ihren Erregten Gefühlen hin und ihrer Liebe geben Sie die ganze Nacht freien Lauf.

Nach einen schweißtreibenden aber zufriedenstellenden Akt schlafen beide aneinander Gekuschelt , Glücklich, Zufrieden und zusammen ein.

Ein neuer Tag bricht an und das junge Liebespaar geht Duschen, zieht sich an und macht nach dieser befriedigenden und schönen Nacht gemeinsam Frühstück.

Mit dieser Nacht haben Sie mal ihren Alltags Stress zur Seite geschoben und sich komplett entspannt.

Glücklich und Zufrieden beenden Nicklas und Jonny zusammen ihr Frühstück und danach geht es wieder an die Hochzeitsvorbereitungen.

Einen Tag vor der Hochzeit ist Nicklas zu einem Autohändler gefahren und hat sein Motorrad verkauft und sich und Jonny dafür einen Sportwagen geholt.

Stolz präsentiert Er den Wagen seinen Freund Jonny.

Jonny sagt:

Der ist wunderschön.

Wahnsinn, so einen Wagen wollte ich auch schon mal haben.

Nicklas lächelt und sagt daraufhin:

Ja, dieses Auto hat mich regelrecht angelacht.

Da musste ich es mit nehmen.

Der Wagen ist für uns beide.

Ich werde uns zu unserer Hochzeit hin und wieder zurück damit nach Hause fahren.

Jonny ist über Glücklich, umarmt seinen Liebsten leidenschaftlich und Küsst ihn zärtlich.

Nicklas ist auch über Glücklich, das seinen Liebsten der Wagen gefällt.

Er erwidert die leidenschaftliche Umarmung und den zärtlichen Kuss.

So stehen beide da, Umarmen sich Leidenschaftlich, Küssen sich Zärtlich vor Freude und vor Glück.

Die ganzen Vorbereitungen für die Hochzeit sind erledigt und das junge Paar geht zusammen schlafen.

Der Tag der Hochzeit steht vor der Tür.

Nicklas und Jonny stehen auf, ziehen ihre Anzüge an und gehen gemeinsam Händchenhalten runter zum Auto.

Am Auto angekommen, öffnet Nicklas für Jonny die Tür.

Nachdem Jonny eingestiegen ist, steht Nicklas auch ein, startet den Wagen und das Junge Paar fährt zusammen zur Kirche.

Jonnys Familie ist auch schon fertig damit sich Schick zu machen.

Jonnys Mutter ist die Trauzeugin von Jonny und da Nicklas keine weitere Verwandtschaft hat, ist Stella die Trauzeugin von Nicklas.

Stella und ihre Mutter sind fein zurecht gemacht und machen sich mit ihrem Auto auf dem Weg zur Kirche.

Alle sind sie in der Kirche angekommen und sind Glücklich darüber, das Nicklas und Jonny heute Heiraten werden.

Die beiden stehen sich gegen über und der Pfarrer kommt herein.

Der Pfarrer schaut zu Nicklas und sagt:

Wollen Sie Nicklas, den hier anwesenden Jonny zu Ihren Rechtmäßig angetrauten Lebenspartner nehmen?

Ihn Lieben und Ehren, in guten wie in schlechten Tagen?

Bei Krankheit und bei Gesundheit?

So Antworten Sie mit Ja.

Nicklas schaut Jonny in die Augen, schiebt Ihm den Ring auf den Finger und sagt:

Ja, ich will.

Ich liebe Dich über alles Jonny mein Liebster.

Nun dreht sich der Pfarrer zu Jonny, schaut ihn an und sagt:

Wollen Sie Jonny, den hier anwesenden Nicklas zu Ihren Rechtmäßig angetrauten Lebenspartner nehmen?

Ihn Lieben und Ehren, in guten wie in schlechten Tagen?

Bei Krankheit und bei Gesundheit?

So Antworten Sie mit Ja.

Jonny schaut Nicklas in die Augen, schiebt Ihm den Ring auf den Finger und sagt:

Ja, ich will.

Ich liebe Dich auch über alles Nicklas mein Liebster.

Der Pfarrer schaut beide an und sagt:

Kraft meines verleihenden Amtes, erkläre ich euch für Rechtmäßig angetraute Lebenspartner.

Sie dürfen sich jetzt Küssen.

Nicklas und Jonny nähern sich an einander an und geben sich gegenseitig einen zärtlichen Zungenkuss.

Danach ist Jubel, Klatschen und Beglückwünschungen zu hören.

Die Torte wird angeschnitten und das frisch vermählte Paar feiert mit den Rest der Familie die Hochzeit.

Es war eine Prachtvolle und schöne Feier.

Nicklas und Jonny bedanken sich noch mal bei der Familie von Jonny.

Danach gehen sie Händchenhaltend zusammen in Richtung Ausgang zu Kirche.

Als sie raus kommen, werden die beiden noch mal mit Reis überworfen, da dies Glück bringt.

Das Junge Paar geht zum Auto und macht sich Glücklich und Zufrieden auf dem Weg nach Hause.

Zu Hause angekommen verbringen die beiden wieder eine schöne, heiße und lange Nacht, nur mit dem Unterschied, das die beiden jetzt Verheiratet sind und für immer zusammen und Glücklich leben.

Nicklas und Jonny hatten viel zusammen durch gemacht und zum Schluss sind die beiden doch zusammen gekommen.

Sie lieben sich über alles und sind Glücklich und Zufrieden zusammen bis an Ihr Lebens Ende.

Nachwort:

Ich bedanke mich bei allen, die das Buch bis zum Schluss gelesen haben.

Hoffe sehr, das Euch diese Geschichte gefallen hat.

Ihr fragt euch bestimmt, wie man auf so etwas kommen kann oder?

Nun ich kann es euch gerne sagen.

Ich habe vor ungefähr vier Monaten diese Boys Love Geschichten für mich entdeckt.

Angefangen hat es damit, das ich per Zufall im Internet darauf gestoßen bin und es mir Gefallen hat.

Dann habe ich mir mehrere Bücher besorgt beispielsweise Kurzfilmen Online geschaut.

Ich habe regelrecht die Liebe in diesen Büchern, Filmen gespürt und dadurch angespornt, wollte ich einfach mal selber etwas kreieren.

Es ist einfach Spannend, sich Kapitel Namen aus zu denken.

Eine Geschichte mit Schein Personen und einer Schein Stadt zu erfinden.

Und dann noch die Story so zu schreiben, das es Spannend bleibt.

Glaubt mir, das war nicht einfach.

Ich habe jetzt für diese Geschichte vier Monate gebraucht um Sie fertig zu stellen.

Immer wieder habe ich die Texte geändert oder musste etwas korrigieren.

Aber es hat mir Total Spaß gemacht und ich bin froh, das ich es durch gezogen habe und die Geschichte die mir im Kopf Rum gespuckt ist zu Papier getragen habe.

Noch einmal ein Herzlichen dank an alle die Schonen Ai Bücher schreiben beispielsweise Kurzfilmen darüber drehen.

Ihr habt es mir erst ermöglicht, mir diese Geschichte aus zu denken.

Durch euch wurde ich angespornt und habe meine Geschichte zum Ende gebracht.

Wenn mir noch ein mal eine Geschichte im Kopf Rum spuckt, dann Verspreche ich euch, das es eine Fortsetzung geben wird und ich ein neues Buch schreiben werde.

Mit besten Grüßen und auch Dank eure:

Corinna Wagner

Herstellung und Verlag:
BoD- Books on Demand, Norderstedt
ISBN: 978-3-7481-6568-2